바다로 간 오리

지은이 **김제철**

대구 출생. 한양대학교 및 동대학원 졸업. 소설가.
〈소설문학〉 신인상, 〈월간문학〉 신인상(희곡), 〈삼성문예상〉, 〈오늘의 작가상〉 수상.
장편소설로 『초록빛 청춘』, 『적도』, 『사라진 신화』, 『그리운 청산』, 『솔레이노의 비가』 등이, 단편집으로 『우리도 별까지』, 수필집으로 『보리밥과 쌀밥』 등이 있다.
현재 한양여자대학교 문예창작과 교수로 재직 중이다.

바다로 간 오리

1판 1쇄 발행_2014년 02월 25일
1판 2쇄 발행_2014년 12월 20일

지은이_김제철
펴낸이_양정섭
펴낸곳_작가와비평
등록_제2010-000013호
블로그_http://wekorea.tistory.com
이메일_mykorea01@naver.com

공급처_(주)글로벌콘텐츠출판그룹
대표_홍정표
편집_최민지 노경민 김현열 **디자인**_김미미
기획·마케팅_이용기 **경영지원**_안선영
주소_서울특별시 강동구 천중로 196 정일빌딩 401호
전화_02-488-3280 **팩스**_02-488-3281
홈페이지_www.gcbook.co.kr

값 12,000원
ISBN 979-11-5592-106-7 03810

바다로 간 오리

김제철 소설

작가와비평

목차

1. 먹어야 산다

"여보, 이게 뭐야?"

저녁 무렵 바깥에서 막 돌아온 아저씨가 거실에 있는 검은 아기오리와 흰 아기오리를 보고 아주머니에 물었다.

"낮에 아들이 사왔어요. 지하철역 입구에서."

주방에서 다가오며 아주머니가 대답했다. 그러자 아저씨가 문간방에 있는 아들을 불렀다.

"하나는 암놈 같고 하나는 수놈 같군. 이걸 왜 사왔어?"

"키우려고."

방에서 나온 소년이 대답했다.

"이걸 키우겠다구……?"

아저씨가 혼잣말처럼 되물었다.

"응."

소년이 한 손으로 머리를 긁적였다.

"나도 어릴 때 병아리를 키워본 적이 있는데……."

"아빠도?"

"그런데 일주일도 안 돼서 죽었어."

"정말?"

"그래. 그러니까 조심해서 키워야 해."

"걱정 마, 아빠."

소년은 아기오리들을 안아들고 자기 방으로 갔다. 그리고 이불 위에 내려놓았다.

"자, 이제 아빠까지 봤으니 우리 식구에 대해 설명할게. 우리 아빤 공무원이고 엄마는 여자대학교 교수야. 그리고 내 이름은 김현빈, 초등학교 사학년. 나로 말할 것 같으면 우리 아빠와 엄마가 결혼하고 십 년 만에 낳은 유일한 자식이자 귀한 아들이지. 뭐, 그렇다고 마마보이는 아니야. 나는 우리 학년에서 얼짱이자 일짱이거든."

소년은 아기오리들 앞에 얼굴을 들이대며 이야기를 계속했다.

"그리고 아빤 공무원이라 매사에 꼼꼼해서 쓸데없는 걱정이 많은 편이지. 그렇지만 신경 쓸 필요 없어. 너희들은 죽지 않아, 절대로. 왜냐하면 내가 잘 보살펴줄 거니까. 그러니까 나만 믿으면 돼."

소년은 아기오리들을 위해 자기 방 한쪽에 이불을 따로 깔아주었다.

이튿날 검은 아기오리는 일찍 잠이 깼다.

햇살이 가득 밀려들어온 방안은 환했다. 소년은 벌써 나갔는지 보이지 않았다. 검은 아기오리는 자리에서 일어나며 주위를 둘러보았다. 그때 방안에 세워 놓은 거울에 자신의 모습이 비쳤다.

자신의 모습을 제대로 본 것은 처음이었다. 물론 거리에 있을 때부터 자신의 모습을 대강 알고 있었다. 그곳에 있던 친구들은 모두 검은색이거나 흰색이었고 자신은 검은색이었다. 그러나 검은색 친구들을 보며 자신의 모습도 비슷할 거라고 짐작했지만 직접 확인할 순 없었다. 그랬는데 드디어 거울을 통해 자신의 모습을 정확하게 보게 된 것이다.

거울에 비친 자신의 모습은 몸 전체가 검은데다가 얼굴엔 누런 줄이 쳐져 있어 조금 징그러웠다. 그런 자신에 비한다면 함께 온 친구는 전신이 하얀색으로 고왔다. 검은 아기오리는 거리에 있을 때부터 친구의 그 흰 빛깔이 부러웠었다.

'나는 왜 검은색으로 태어났을까.'

그 사실은 속상하지만 검은 아기오리가 어쩔 수 있는 일이 아니었다. 검은 아기오리는 자신이 어떻게 태어났는지 몰랐다. 분명한 건 태어나서 얼마 되지 않아 거리로 버려졌다는 사실뿐이었다.

"일찍 일어났네?"

옆에서 흰 아기오리가 일어나며 인사를 했다.

"나도 방금 일어났어."

"어, 여기 모이가 있네!"

둘이 자던 자리 머리맡의 모이그릇과 물그릇은 소년이 가져다 놓은 것 같았다.

"응, 네가 일어나면 같이 먹으려고 기다렸어."

"고마워."

"이 집 아저씨는 우리가 죽을까봐 걱정하는 것 같아. 그러니까 지금 우리에게 가장 중요한 것은 꼬박꼬박 모이를 먹는 일이야."

검은 아기오리가 흰 아기오리에게 말했다. 흰 아기오

리도 알아들었다는 듯 희미하게 고개를 끄덕였다.

그렇지만 사실 검은 아기오리도 자신이 어떻게 태어났는지 모르는 만큼 죽는다는 게 어떤 건지도 알지 못했다. 그러나 아저씨가 걱정하는 걸 보면 그게 좋은 일은 분명 아닌 듯했다.

"우리가 비실대면 죽을까봐 미리 내다버릴지 몰라. 그러니까 열심히 부지런히 먹자."

검은 아기오리의 말에 흰 아기오리는 또 고개를 끄떡거렸다. 흰 아기오리는 예쁘지만 약해 보였다. 그래서 검은 아기오리는 왠지 자신이 흰 아기오리를 지켜줘야 할 것 같은 생각이 들었다. 우선은 건강해서 이 집 식구들의 걱정을 덜어주어야 한다. 검은 아기오리는 흰 아기오리와 함께 서둘러 모이를 먹기 시작했다.

2. 첫 나들이

"예, 예……. 고맙습니다, 원장님. 예, 고맙습니다. 안녕히 계세요, 원장님."

거실에서 아주머니가 연신 고개를 숙이며 통화를 하다가 수화기를 놓았다.

"무슨 전환데 그래?"

아저씨가 물었다.

"학원 원장님이 전화하셨는데 현빈이가 지난번 시험에서 일등했대요. 그것도 영어와 수학 모두 만점이래요."

"그래?"

아저씨의 얼굴에 살짝 흐뭇한 미소가 피어올랐다.

"아들!"

아주머니가 문간방 쪽으로 소리를 치며 소년을 불렀다. 소년이 거실로 나왔다.

"아들! 왜 얘기 안 했니? 선생님이 어제 점수 발표했다던데?"

"어차피 연락 올 건데, 뭐."

"장하다, 우리 아들!"

아주머니가 소년의 머리를 껴안았다.

"뭐, 당연한 걸 가지고."

소년이 아주머니의 팔로부터 벗어나며 심드렁하게 말했다.

"아냐. 내년에 미국 갈 건데 미리 영어공부 잘 해두면 좋지. 수학도 마찬가지구."

"내년에 미국 가, 우리?"

"엄마가 내년에 안식년이라 학교를 일 년 쉬어. 그래서 너 데리고 미국 갈 생각이거든."

"그럼 오리들은?"

소년이 아기오리들을 내려다보며 물었다.

"그건 그때 가서 생각해 봐야지. 그보다 여보. 당신도 한마디 해요. 아들이 일등을 했는데요.”

“그래, 잘 했다. 내일은 일요일이니 오랜만에 나가서 밥이나 먹자.”

아저씨가 덤덤하게 말했다.

“그것보다 이젠 아빠가 약속 지킬 차례야.”

소년이 아저씨 앞으로 나섰다.

“무슨 약속?”

“일등하면 귀 뚫어도 된댔잖아?”

“허, 그렇다고 정말 귀 뚫겠다는 거냐?”

“당근이지.”

“이번에 귀 뚫으면 다음번엔 아예 머리를 노랗게 염색하겠다고 하겠구나?”

“그럼 아빠는 내가 일등 못하고 십등쯤 하면 좋겠어?”

“아무튼, 이 녀석. 알았다.”

아저씨는 어이없다는 듯 그냥 웃고 말았다.

그길로 소년은 밖으로 나가더니 한참 후에야 돌아왔다. 소년의 한쪽 귀엔 하얗게 반짝이는 고리가 걸려 있었다.

다음날 소년은 오전부터 부산을 떨었다.

“얘들아. 오늘은 너희들 첫 외출이야. 내가 일등했다

고 아빠가 교외로 나가서 한턱 쏜다고 했거든."

소년은 아기오리들을 안고 아파트 마당으로 내려와 차에 올랐다.

"자, 구경해 봐."

뒷좌석의 소년이 아기오리들을 창 쪽으로 들어 올렸다. 검은 아기오리는 목을 빼고 창밖을 바라보았다. 거리에서 볼 땐 무지하게 빠르게 지나갔던 자동차가 막상 타고 보니 그다지 빠른 느낌이 들지 않았다.

소년 가족이 도착한 곳은 숲 사이로 난 길이었다. 길 한쪽으로 차들이 길게 늘어서 있었다. 소년이 아기오리들을 안고 차에서 내렸다. 아저씨가 길옆으로 난 산길로 앞장서 걸었다. 소년은 아기오리들을 안은 채 아주머니와 함께 그 뒤를 따랐다.

잠시 후 계곡과 음식점이 나타났다. 계곡엔 물이 흐르고 있었다. 계곡의 물을 보자 검은 아기오리는 이상하게 가슴이 뛰었다. 그리고 뛰어들고 싶어졌다.

식구들이 음식점에 들어가 자리 잡자 소년이 아기오리들을 안고 물가로 가서 바위 위에 내려놓았다.

"자, 너희들은 여기서 놀아."

검은 아기오리는 바위 위에 선 채로 물을 내려다보았

다. 햇살을 받아 투명한 물은 졸졸 소리를 내며 아래로 흐르고 있었다. 물속엔 자그마한 물고기들이 노닐고 있었다.

그러나 처음 물을 보았을 땐 뛰어들고 싶었으면서도 막상 물가에선 조금 주저하는 마음이 되었다. 그 순간 소년이 검은 아기오리를 두 손으로 들어 살며시 물 위로 내려놓았다. 검은 아기오리는 엉겁결에 발을 동동거렸다. 그러자 놀랍게도 몸이 물 위로 뜨는 것이었다. 더 놀란 것은 소년이었다.

“어, 뜬다!”

그러면서 소년은 다시 흰 아기오리를 물 위로 살짝 띄웠다. 흰 아기오리도 검은 아기오리처럼 물속의 발을 동동 굴리면서 물 위를 왔다 갔다 했다.

“오리들이 헤엄을 쳐!”

소년이 소리를 지르자 음식점 안에서 아저씨와 아주머니가 내려다보았다. 뿐만 아니라 주변에 있던 다른 사람들도 몰려와 아기 오리들을 신기한 듯 바라보았다.

검은 아기오리는 사람들이 구경하자 뭔가 좀 더 보여주고 싶었다. 그래서 재빨리 발을 놀려 물 위를 왔다 갔다 하는가 하면 물속으로 고개를 처박고 실 같은 작은

물고기를 잡아먹기도 했다. 흰 아기오리도 검은 아기오리를 따라했다.

잠시 후 소년이 아기오리들을 물에서 끄집어냈다. 아기오리들은 바위 위에 서서 햇살에 몸을 말렸다. 검은 아기오리는 몸은 약간 피곤했지만 기분은 날아갈 듯 가벼웠다.

뭔가 자신이 갖고 있는 능력 하나를 알게 되었다는 느낌. 검은 아기오리는 알 수 없는 자신감 같은 게 생기는 것 같았다. 그래서 흰 아기오리를 향해 싱긋 웃어 보였다.

3. 천하무적 삼총사

"아들! 왜 이리 서두르는 거니?"

"학교에 일이 있어. 엄마네 학교 셔틀버스 타고 갈게."

아주머니가 묻자 소년이 종이상자를 뒤로 감추며 대답했다.

"그거 뭐야? 오리 아냐? 오리는 두고 가야지."

"집에 아무도 없으면 심심할 거야. 학교에 가면 보관할 데가 있어."

소년은 아주머니가 더 이상 뭐라고 하기 전에 아파트 현관문을 열고 밖으로 뛰쳐나갔다.

지하철역 입구에서 소년은 아기오리들을 담은 종이상

자를 들고 버스를 탔다. 버스는 지하철역 오른쪽 길을 돌아 조금 달리다가 얼마 안 가서 멈췄다.

"저게 내가 다니는 초등학교야. 엄마가 근무하는 여자대학교 부속초등학교지."

소년은 대학교 정문 왼쪽 편에 있는 초등학교 쪽으로 걸었다. 아기오리들은 소년이 숨을 쉬라고 뚜껑을 살짝 열어 놓은 종이상자 틈으로 바깥을 내다 봤다.

"어머, 얘. 현빈이잖아!"

"정말! 어, 현빈이 귀걸이했네."

"그러네."

여학생 서너 명이 소년 곁에서 힐끗거리고 있었다. 소년이 아기오리들을 내려다보며 말했다.

"봤지. 여자애들이 나 좋아하는 거. 내가 우리 학년에서 얼짱이랬잖아."

교실로 들어온 소년은 아기오리들이 들어 있는 종이상자를 책상 위에 내려놓은 후 어깨에 메고 있던 가방을 풀었다.

"얘, 얘. 현빈이 봐."

"정말 귀걸이했네."

"멋있다!"

뒷문과 창문 쪽에서 여학생 몇 명이 교실 안의 소년을 훔쳐보며 소곤거렸다.

"아, 이놈의 인기는 식을 줄을 몰라……."

소년은 싫지 않은 표정을 짓다가 다시 종이상자를 들고 일어섰다. 그러자 여학생들이 화들짝 놀라며 흩어졌다.

교실을 나온 소년은 풀밭으로 가서 종이상자를 열고 아기오리들을 꺼내놓았다.

"조금 있으면 내 친구 둘이 올 거야. 그 전에 미리 얘기할 게 있어. 키가 크고 몸이 뚱뚱한 친구는 민준이라고 하는데 이짱이야. 그리고 키가 작고 귀엽게 생긴 녀석은 우진이라고 하는데 삼짱이고. 그런데 나는 학년 전체에서 일짱이 맞지만 녀석들은 아니야. 둘 다 반에서도 이짱 삼짱이 못 돼. 나를 따라다니니까 이짱, 삼짱 하는 거지. 그렇지만 나는 그냥 녀석들을 이짱, 삼짱이라고 불러. 그러니까 너희들도 모르는 척 해."

소년이 풀밭에 주저앉은 채 아기오리들을 앞에 세워놓고 말했다. 아기오리들은 소년의 말이 어려웠지만 대충 고개를 끄덕거렸다. 그때 소년의 친구들이 풀밭 쪽으로 올라오고 있었다.

"왜 아침부터 이리로 불렀어?"
이짱이 물었다.
"응, 이 오리들과 교대로 놀아줘야 돼."
"어, 이 오리들 어디서 난 거야?"
그때서야 아기오리들이 신기한 듯 삼짱이 바짝 다가와 앉았다.
"그저께 샀어. 이젠 내 동생들이야."
"어떻게 하자는 거야?"
이짱이 궁금한 듯 물었다.
"응. 한 시간씩 교대로 놀아주면 돼."
"그러다가 담임한테 들키면?"
삼짱이 약간 겁먹은 얼굴을 했다.
"그러니까 몰래하는 거지, 한 시간씩 돌아가면서 말이야."
"그거 재밌겠는데?"
이짱이 소년을 보며 씨익 웃었다.
"그럼 자세히 설명해 봐. 우리가 어떻게 해야 하는지?"
삼짱은 여전히 긴장을 풀지 못한 모습이었다.
"수업시간마다 교대로 한 명씩 빠져나오는 거야. 혹시

자리를 비운 게 들키더라도 화장실 갔다고 나머지 두 명이 둘러대면 아무 문제없을 거야."

"그렇긴 해."

이짱이 맞장구쳤다.

"결국 수업 빼먹자는 얘기네?"

말은 그렇게 하면서도 삼짱은 싫지 않은 눈치였다.

"어차피 학원에서 다 배운 건데, 뭐."

"그건 그래."

이짱과 삼짱이 동시에 킥킥댔다.

이어서 소년이 아기오리들을 다시 종이상자에 담고 친구들과 함께 학교로 들어가 일층 계단 밑에 놓고는 교실로 올라갔다. 그리고 조금 후 돌아와 종이상자를 들고 아까 그 풀밭으로 가 아기오리들을 풀어 놓았다.

"얘들아. 저쪽으로 가자."

소년이 먼저 빈 종이상자를 들고 나무 밑으로 향했다. 아기오리들은 쫄랑쫄랑 소년의 뒤를 따라갔다. 아침부터 햇살이 몹시 뜨거웠다.

"이짱과 삼짱 녀석들. 지금쯤 나처럼 나오고 싶어 좀이 쑤실 거야."

소년은 나무에 등을 기댄 채 앉아 초등학교 건물을 바

라보며 장난스럽게 웃었다.

아기오리들은 뭐가 뭔지 모른 채 소년 주위를 계속 맴돌았다.

한참 후 초등학교 건물에서 벨 소리가 울리고 이짱이 허겁지겁 올라왔다.

"야, 일짱! 이제 들어가 봐. 여긴 내가 있을 테니."

"그럼 임무 교대!"

소년과 이짱이 손을 들어 손바닥을 마주쳤다.

소년이 돌아가자 이짱은 풀밭에 배를 깔고 엎드렸다.

"아, 수업 안 하니 좋다!"

그러더니 아기오리들을 양 손으로 하나씩 잡고 말했다.

"내가 왜 일짱을 좋아하는지 아니? 작년 일이야. 학교 끝나고 견학 가느라 스쿨버스를 탔는데 뒷좌석의 한 녀석이 여자애를 자꾸 괴롭혔어. 녀석이 힘이 세서 아무도 못 말렸지. 그때 일짱이 그만하라고 했어. 그렇지만 녀석은 네가 뭐냐면서 들은 척도 안 했어. 그러자 일짱이 갑자기 일어나 녀석에게 주먹을 날리고 항복을 받았어. 그날 난 생각했어. 일짱은 멋있는 친구라고. 그리고 나는 충성을 다하겠다고 마음먹었어."

이짱의 말도 여전히 어려웠지만 아기오리들은 또 고

개를 끄덕였다.

한참 후 또 벨이 울리고 삼짱이 나타났다.

이짱이 간 뒤에 삼짱이 말했다.

"일짱은 의리 있는 친구야. 사실 난 삼짱이 못 되거든. 우리 반에도 나를 괴롭히는 애들이 많았어. 그걸 알고 일짱이 나를 삼짱 시켜준 거야. 다른 애들이 건들지 못하게. 그래서 우리 엄마도 일짱에게 너무너무 고마워해."

말을 하고 나서 쑥스러운지 삼짱은 아기오리들을 보며 약간 바보처럼 웃었다.

다시 벨이 울리고 소년이 돌아왔다.

"삼짱! 이번 시간은 내가 여기 있을게. 점심시간이 되면 이리로 모여."

"오케이."

"올 때 여자애들 끌고 오지 마. 여자애들은 입이 가벼워 잘못하면 들킬 수 있으니까."

"오, 아이 씨!"

삼짱은 소년과 손바닥을 마주친 후 재빨리 사라졌다.

"야, 너희들 신나지? 어젠 계곡에, 오늘은 학교에. 나도 그래. 하루 종일 교실에만 있는 게 얼마나 지겨운지 알아? 그런데 너희들 덕분에 이렇게 땡땡이 칠 수 있으니 진짜 기분 끝내줘."

소년은 우리를 손바닥 위에 올려놓고 낄낄댔다.

"자, 한참 놀았으니 배고프지?"

소년이 풀밭 이곳저곳에 모이를 뿌렸다. 아기오리들은 소년을 따라다니며 모이를 주워 먹었다.

학교가 파하는 시간이 되자 소년과 이짱, 삼짱이 다시 풀밭에 모였다.

"오늘 임무는 무사히 완료했어. 도와줘서 고마워."

소년이 의기양양하게 말했다.

"우린 의리 빼면 시체 아냐."

이짱이 우쭐대듯 대꾸했다.

"게다가 천하무적 삼총사구."

덩달아 삼짱도 으스댔다.

"그래. 며칠이면 돼. 엄마 학교가 방학만 하면 되니까. 대학교는 일찍 방학하잖아."

"그런데 말이야,"

이짱이 소년과 눈을 마주쳤다.

"왜?"

"수업 빼먹으니까 기분 째진다."

"나도 그래."

삼짱도 맞장구쳤다.

"그야 당근이지. 우리가 뭐 공부하는 기젠가."

"학교 공부에다가 과외활동, 학원공부까지……."

소년의 말에 삼짱이 푸념하듯 투덜댔다.

"자고로 위대한 인물 중에 범생은 없었어. 그리고 범생은 큰 인물이 될 수 없어."

"맞아."

"맞아."

소년과 이짱, 삼짱은 동시에 목소리를 높였다.

4. 결투

며칠 후였다.

이짱, 삼짱과 교실을 나서며 소년이 큰소리로 말했다.

"오늘은 내가 한턱 쏜다! 우리 엄마 학교 오늘 방학했거든."

소년의 말에 이장과 삼짱이 환호성을 올렸다.

"잠깐. 나 엄마한테 들러서 돈 얻어가지고 갈게. 너희들 먼저 가 있어."

"어디로?"

이짱이 물었다.

"대학교 후문 삼거리 분식집에 가서 떡볶이랑 튀김 시

켜놓고 있어. 금방 갈게."

"오케이!"

삼짱이 손가락으로 브이(V)자를 만들어 보였다.

"아, 이것 좀 들고 가."

소년이 이짱에게 아기오리들이 들어 있는 상자를 건넸다.

이짱은 뚜껑을 반쯤 열어 놓은 종이상자를 들고 삼짱과 함께 대학교 후문을 나와 골목길을 걸었다. 골목길이 끝나면 마을버스가 다니는 길이었다. 이짱이 두 길이 만나는 삼거리 분식집 앞에 멈춰 섰다.

"왜, 안 들어가?"

삼짱이 이짱에게 안으로 들어가기를 재촉했다.

"일짱 오면 같이 들어가자. 우리 끼리 먼저 들어가 먹는 건 의리 없잖아?"

"그건 그래."

이짱과 삼짱은 분식집 앞에 있는 마을버스 정류장 의자에 나란히 앉아서 소년을 기다렸다. 그때 삼짱이 나직히 말했다.

"야, 저기 삭은초등학교 일짱, 이짱, 삼짱 맞지?"

"맞아. 이리로 오는데? 골치 아프게 됐어."

이짱의 목소리가 약간 흔들렸다.

곧이어 이짱과 삼짱 앞으로 또래의 남자아이 세 명이 다가왔다.

“야, 최민준, 장우진! 너희들 여기서 뭐하는 거야?”

세 명 중 가장 키가 크고 몸집도 좋은 아이가 이짱과 삼짱의 교복에 붙어 있는 이름표를 보며 물었다.

“우리? 친구 기다리고 있어. 그런데 왜?”

이짱이 목소리에 힘을 주며 대답했다.

“여긴 우리 구역이야.”

“너네 구역이란 게 어디 있어? 여기가 너네 땅이야?”

“우리 학교 앞이란 말이야. 너희 사립학교는 저쪽 큰 길로 스쿨버스 타고 다니잖아?”

“우린 스쿨버스 안 타. 우리집도 이 근처란 말이야.”

“아무튼 이 길로는 다니지 말랬잖아, 전에.”

“그야 내 맘이지, 뭐.”

이짱이 힘겹게 대꾸했다.

“이 자식이?”

겁을 주려고 주먹을 들던 몸집 좋은 아이의 눈길이 이짱이 들고 있는 종이상자에 멎었다.

“그거 뭐야? 어, 오리 아냐?”

뚜껑이 반쯤 열려 있는 종이상자를 보며 몸집 좋은 아이가 소리쳤다. 이짱이 재빨리 종이상자를 몸 뒤로 감추려고 했다. 그러나 그 전에 몸집 좋은 아이 친구 두 명이 달려들어 종이상자를 낚아챘다. 종이상자 안에 있던 아기오리들은 갑자기 벌어진 일에 어쩔 줄을 몰라하며 가슴을 졸였다.

"돌려줘. 그거 내꺼 아냐."

이짱이 조금 움츠러든 소리로 애원했다.

"돌려주긴, 얌마. 대신 오늘은 그냥 보내줄게. 어서 가."

몸집 좋은 아이가 웃으며 이짱의 어깨를 툭툭 쳤다. 그때였다.

"야, 너희들 여기서 뭐하는 거야?"

"어, 일짱!"

소년이 나타나자 이짱과 삼짱이 죽다 살아난 표정을 지었다.

"저 녀석들이 오리를 빼앗아 갔어."

이짱이 소년에게 말했다. 그러자 소년이 화난 얼굴로 몸집 좋은 아이에게 다가갔다.

"그거 내 놔. 너네 꺼 아니잖아."

"갖고 갈 수 있으면 갖고 가."

"뭐라구?"

"우릴 이길 수 있으면 갖고 가란 말이야."

"그러니까 짱 뜨자는 거야?"

"그럴 용기가 없다면 그냥 돌아가도 좋아."

몸집 좋은 아이가 소년을 비웃듯 킬킬거렸다.

"천만에! 좋아. 어떻게 뜰래?"

"세 명씩이니까 세 번 싸워서 두 번 이기는 쪽이 승리한 걸로 해."

소년은 잠시 생각에 잠기는 듯하다가 고개를 저었다.

"그럴 거 없어. 네가 그쪽 일짱이고 나도 이쪽 일짱이니까 일짱 끼리 한 번에 승부를 내."

"얼마든지. 네 좋을 대로 해."

몸집 좋은 아이가 여유만만하게 고개를 끄덕였다.

"어디서 뜰까?"

"요 앞 청계천 어때?"

"거긴 사람들이 많이 다녀. 대학교에 공사하려고 버려둔 빈 테니스장이 있어. 그리로 가. 거긴 아무도 없으니까."

"좋아."

소년과 이짱과 삼짱이 앞서고 몸집 좋은 아이와 아기오리들이 들어 있는 종이상자를 든 친구들이 그 뒤를 따랐다.

“승부가 날 때까지 아무도 오리를 손대선 안 돼.”

테니스장에 도착하자 소년이 아기오리들이 든 상자를 몸집 좋은 아이의 친구에게서 뺏다시피 받아들고 한쪽에 내려놓았다. 이짱과 삼짱, 그리고 몸집 좋은 아이 친구들이 아기오리들을 사이에 두고 양 옆으로 나뉘어 앉았다.

“일짱 머리 좋지?”

삼짱이 옆의 아이들에게 들리지 않게 이짱에게 낮은 소리로 속삭였다.

“무슨 말이야?”

“우린 가짜 이짱, 삼짱이잖아. 그러니까 저쪽 이짱, 삼짱을 이기기 어려워. 그래서 한 번에 승부 내자는 것 아니겠어?”

“그렇네. 그런데 우리 일짱이 이길 수 있을까?”

“몇 번 봤잖아? 우리 애들하고 뜨는 거.”

“하지만 우리 애들은 약해.”

이짱이 약간 불안한 듯 대답했다.

"아냐. 난 전에 일짱이 동전 넣고 샌드백 치는 거 봤어. 엄청 빨랐어. 손이 보이지 않을 정도로."

"그래?"

아기오리들과 네 명의 아이들이 지켜보는 가운데 소년과 몸집 좋은 아이가 조금 떨어진 곳에 마주보고 섰다. 소년이 먼저 입을 열었다.

"먼저 규칙을 정해. 얼굴도 공격할래, 아니면 얼굴 밑으로만 공격할래?"

몸집 좋은 아이가 잠시 생각하더니 대답했다.

"얼굴 밑으로 하자. 얼굴에 상처 나면 부모님한테 싸운 걸 들킬 수도 있으니까."

"좋아!"

말이 떨어지기가 무섭게 소년이 갑자기 앞으로 달려들어 팔꿈치로 몸집 좋은 아이의 가슴팍을 쳤다. 몸집 좋은 아이의 상체가 순식간에 뒤로 기우뚱했다. 그러자 소년은 공중으로 뛰어오르며 한쪽 발로 몸집 좋은 아이의 가슴을 밀었다. 그리고 곧장 쓰러진 몸집 좋은 아이의의 목을 타고 눌렀다. 몸집 좋은 아이는 전신을 버둥거리며 안간힘을 썼지만 소년이 계속 목을 누르자 마침내 두 다리를 뻗어 버렸다.

"자, 그만하자."

소년이 일어나며 몸집 좋은 아이의 손을 잡고 일으켰다. 소년에게 이끌려 일어난 몸집 좋은 아이는 약간 어리둥절하고 부끄러운 듯했다.

"내가 졌어."

"아냐. 무승부야. 내가 반칙으로 기습공격한 거니까. 지면 오리를 빼앗길 것 같아서……. 사실 싸우기 싫었거든."

소년이 멋쩍은 표정을 짓자 몸집 좋은 아이도 씨익 웃었다.

"그래, 미안해."

"아냐, 괜찮아."

잠시 후 소년과 몸집 좋은 아이, 그리고 네 명의 친구들이 우리를 가운데 놓고 둘러앉았다.

"난 강진호야. 쟤들은 백시현, 오영대구."

몸집 좋은 아이가 소년에게 자기 이름과 친구들 이름을 밝혔다.

"난 김현빈. 그리고……."

"알고 있어. 명찰 봤으니까. 솔직히 교복에 학교 마크와 명찰 달고 다니는 너희 사립학교 애들이 조금 띠꺼웠어."

"띠꺼울 거 없어. 우리학교엔 마마보이나 범생밖에 없으니까."

"그리고 스쿨버스 타고 다니는 것도 꼴시러웠구."

"우린 강남 안 살아. 아까 말했잖아. 우리 집도 이 동네 근처라고."

이짱이 짐짓 눈을 부라렸다.

"야, 그래도 이곳 국회의원은 너네 학교 출신 아냐. 제일 좋은 대학 졸업하고 어려운 고시에도 합격했다잖아."

소년이 진호의 비위를 맞췄다.

"개천에서 용 난 거지."

"그러니까 너네 학교가 개천이란 말이지?"

"그러네. 말하고 보니까."

진호가 컬컬 웃었다. 그리고 모두들 서로서로 악수를 나누었다.

"그런데 이 오리는 어디서 난 거야?"

진호가 아기오리들을 내려다보며 소년에게 물었다.

"응, 지하철역 부근에서 산 거야."

"그런데 왜 갖고 다녀?"

"돌봐 줄 사람이 없어서. 혼자 두기엔 아직 어리잖아. 그렇지만 내일부터는 엄마가 돌봐 줄 거야."

"고놈들 참 예쁘다!"

"맨날 학교랑 학원이랑 지겨웠는데 얘들 때문에 덜 심심해졌어."

"심심하면 언제 우리랑 축구시합 한번해."

"좋지!"

소년과 진호가 앉은 채로 손바닥을 마주쳤다.

5. 네거리에서 길을 잃다

또 며칠이 지났다.

소년이 현관에서 신발을 신고 나서 아기오리들을 종이상자에 넣었다.

"그동안 따분했지? 엄마하고 있느라 밖에 못 나가서……."

소년은 아기오리들을 넣은 종이상자를 들고 한참을 걸었다.

"지금 우리가 가는 곳은 학원이야. 오늘은 토요일이지만 시험이 있어. 하지만 금방 끝날 거야. 난 문제를 빨리 풀거든."

학원은 바로 큰길가에 있는 건물이었다. 소년은 이층으로 걸어 올라가 신발장 문을 열었다. 그리고 신발을 벗어 넣고 그 옆칸에 아기오리들을 담은 상자를 밀어 넣었다. 그러나 잘 들어가지 않는지 상자에서 아기오리들을 꺼내 신발장 안으로 집어넣었다.

"조용히들 있어. 빨리 끝낼 테니까. 끝나면 햄버거 먹으로 가자."

소년이 신발장 문을 닫자 안은 깜깜해졌다. 그리고 퀴퀴한 냄새가 났다.

꽤 오래 기다린 것 같은데 소년은 오지 않았다. 좁고 어두운 곳에 갇혀 있으니 아기오리들은 답답하고 냄새도 견디기 힘들었다. 그리고 숨도 막히는 것 같았다.

"괜찮니?"

검은 아기오리가 흰 아기오리가 걱정되어 물었다.

"응. 하지만 머리가 조금 아파."

"나도 그래. 아마 신발 냄새 때문일 거야. 조금만 참아봐."

그러면서 검은 아기오리가 머리로 가만히 밀자 신발장 문이 움직이며 빛이 쏟아져 들어왔다.

"어, 열렸다!"

고개를 밖으로 빼고 보니 바닥은 꽤 아래쪽에 있었다. 그렇지만 바닥으로 내려가는 건 그다지 어려울 것 같지 않았다.

"뭐하려고?"

흰 아기오리가 약간 겁을 먹은 얼굴을 했다.

"가만 있어봐."

흰 아기오리를 안심시킨 후 검은 아기오리가 앞으로 몸을 던지면서 날개를 펼쳤다. 그러자 몸이 천천히 그리고 사뿐히 바닥으로 내려앉았다. 뛰어내리기는 생각보다 쉬웠다. 지난번 계곡에 가서 헤엄을 쳤을 때처럼 또 하나의 능력을 발견한 느낌이었다.

검은 아기오리가 재촉하자 흰 아기오리도 가볍게 뛰어내렸다.

흰 아기오리와 바닥으로 내려선 후 검은 아기오리는 주위를 살폈다. 바닥 저쪽에 아래로 내려가는 계단이 있었다. 검은 아기오리는 계단 쪽으로 몸을 돌렸다.

"어디 가려고?"

흰 아기오리가 검은 아기오리 앞을 막아섰다.

"한번 내려가 보자."

"안 돼. 우린 기다려야 해."

"알아. 그러니까 금방 다시 올라올게."

"그럼 같이 가."

흰 아기오리는 검은 아기오리가 안심이 안 되는 듯 따라나섰다. 검은 아기오리는 흰 아기오리보다 먼저 한 계단씩 폴짝 폴짝 뛰어 아래로 내려갔다. 흰 아기오리도 검은 아기오리가 하는 대로 계단을 뛰어내렸다.

계단을 내려오자 입구 쪽에 밝게 빛나는 바깥 풍경이 보였다. 검은 아기오리는 흰 아기오리가 말릴 사이도 없이 바깥쪽으로 걸음을 내딛었다.

건물 입구에 멈춰 서서 검은 아기오리는 큰길 위를 달리는 자동차들을 바라보았다. 큰 길 양 옆으로는 많은 사람들이 오가고 있었다. 소년을 처음 만나던 날 보았던 풍경과도 비슷했지만 거리를 바라보는 것은 재미있었다. 그러다가 어느 순간 자동차들이 멈추고 이쪽에 있던 사람들이 큰길을 가로질러 저쪽 편으로 몰려가기 시작했다. 검은 아기오리는 아무 생각도 없이 그냥 사람들을 따라 발걸음을 옮겼다. 사람들을 올려다보다가 발이 저절로 움직인 것 같았다. 그런데 검은 아기오리의 걸음은 천천히 걷는 것처럼 보이는 사람들을 따라가기가 힘들었다. 그래서 바쁘게 양 발을 움직였다.

"어디 가는 거야? 돌아와!"

돌아보니 흰 아기오리가 뒤에서 소리치며 달려오고 있었다.

"빨리 와!"

그때였다. 멈추고 있던 차들이 움직이기 시작했고 큰길 한복판에 있던 흰 아기오리 위로 자동차 한 대가 지나갔다. 검은 아기오리는 꽥, 소리를 지르며 질끈 눈을 감았다.

얼마나 시간이 지났을까. 빵빵거리는 소리가 검은 아기오리의 귓가에서 어지럽게 울렸다. 살며시 눈을 뜨니 흰 아기오리가 아까 모습 그대로 큰길 한복판에 서 있었다. 그리고 여러 대의 차가 그 옆에 서 있었다. 그러나 흰 아기오리는 무슨 일이 일어났는지 모르는 듯 어리둥절한 표정이었다.

검은 아기오리는 흰 아기오리 쪽으로 가려고 발걸음을 뗐다. 그러자 누군가가 검은 아기오리를 들어 올렸다.

'안 돼. 잡히면 안 돼.'

검은 아기오리는 그 손아귀에서 벗어나기 위해 몸을 뒤흔들어 길 위로 뛰어내렸다. 그리고 흰 아기오리 쪽으로 달려갔다. 흰 아기오리도 검은 아기오리 쪽으로 달려

왔다. 아기오리들은 자동차가 멈춰선 반대 방향으로 함께 뛰었다. 그쪽은 사방으로 큰 길이 나 있었다.

검은 아기오리는 더 빨리 달리기 위해 어깨에 힘을 주며 몸을 한껏 앞으로 내밀었다. 그러자 몸이 붕 뜨며 몇 발짝 앞으로 날아가 떨어졌다. 그것은 그냥 뛰는 것보다 훨씬 나았다. 달리는 중에도 신기한 생각이 들었다.

흰 아기오리가 잘 따라오나 싶어 뒤를 돌아다보니 모자를 쓴 아저씨가 쫓아오고 있었다. 흰 아기오리와 검은 아기오리는 겁이 나서 있는 힘을 다해 앞으로 내달았다.

"경찰 아저씨! 저쪽 차들 좀 멈춰줘요!"

검은 아기오리가 소리 나는 쪽으로 고개를 돌리자 옆쪽 길에서 소년이 아저씨에게 소리치며 달려오는 게 보였다. 아저씨는 아기오리들을 지나쳐 앞으로 가선 입으로 뭔가를 불면서 급하게 팔을 저었다. 그러자 소년 반대편에서 돌아오던 차들이 한꺼번에 끼익, 하면서 멈춰섰다.

"얌마! 죽으려고 환장했어?"

달려온 소년이 아기오리들을 번쩍 들어 올려 안고는 몹시 화가 난 듯 씩씩거렸다.

잠시 후 다가온 경찰 아저씨가 소년에게 물었다.

"이 오리들 네 꺼냐?"

"예, 제 꺼예요."

"함부로 나다니게 하면 어떻게 해? 큰일 날 뻔했잖아?"

"죄송해요, 아저씨."

"다음부터는 조심하거라. 이번만 봐주는 거다."

"예, 아저씨. 고맙습니다."

소년은 경찰 아저씨에게 꾸벅 인사를 하고는 돌아섰다. 그때까지도 길 이곳저곳에서 사람들이 모여 아기오리들 쪽을 지켜보고 있었다. 소년은 경찰 아저씨에게 언제 그랬냐는 듯이 손가락으로 브이(V)자를 만들어 사람들에게 흔들었다.

그리고는 아파트를 향해 걸으면서 말했다.

"미안해, 조금 전에 화를 내서. 하지만 안 그러면 경찰 아저씨가 내게 화를 낼 것 같았어. 그래서 일부러 그런 거야."

'알아, 우리도.'

검은 아기오리는 미안한 마음에 고개를 주억거렸다.

"그렇지만 이 녀석들아! 하마터면 정말 죽을 뻔했잖아."

소년의 목소리엔 울음이 섞여 있었다. 검은 아기오리는 콧등이 찌릿해졌다.

6. 청계천

아기오리들이 아파트로 온 지 여러 날이 지났다. 그리고 소년의 학교도 방학을 했다.

그동안 많은 일들이 있었다. 그런 중에도 검은 아기오리와 흰 아기오리는 부지런히 모이를 먹었다. 죽지 않기 위해서였다. 검은 아기오리는 죽는다는 게 어떤 건지 몰랐다. 그런데도 죽게 되면 어쩌나 가끔 걱정을 했다. 그러나 여러 날이 지나도 몸에 이상한 데가 없었다. 그래서 쉽게 죽지는 않을 것 같다는 생각이 들었다. 그러면서도 얼마 전 학원 앞 큰길에서 벌어졌던 일을 떠올리면 가슴이 벌떡벌떡 뛰었다. 그때 하마터면 죽을 뻔했다고 소년이 말했던 것이다.

어느 날 저녁, 식구들이 모두 모인 거실에서 소년이 말했다.

"엄마, 오리의 수명이 얼만지 알아?"

"얼만데?"

"최소한 20년."

"20년씩이나? 정말?"

아주머니가 눈을 동그랗게 뜨며 반문했다.

"책을 찾아봤는데 보통은 30~40년쯤 산대."

"거참, 믿을 수 없군."

듣고 있던 아저씨도 한마디 했다.

"그것도 사육오리의 경우야. 자연에서는 평균 수명이 50년이고 오래 사는 경우는 70년 정도 된대."

"우아!"

아주머니가 탄성을 질렀다.

"결국 오리를 위해선 언젠가 자연으로 떠나보내야겠군."

아기오리들을 내려다보며 아저씨가 혼잣말처럼 중얼거렸다. 검은 아기오리는 그 말이 왠지 마음에 걸렸다. 그러나 20년을 살든 30년, 40년 혹은 그 이상을 살든 아직은 먼 얘기였다.

그 사이 아기오리들에게 약간의 변화가 생겼다. 하루는 소년이 아기오리들을 불러 앉혔다.

"이젠 너희들도 아기가 아니야. 그래서 앞으로는 따로 자야 해. 사람들도 그렇게 하거든."

그동안 아기오리들은 밤이 되면 소년의 방 이불 위에서 잤다. 그런데 이제는 따로 자야 된다는 얘기였다. 아기처럼 같이 자기엔 컸다는 것이다. 검은 아기오리는 소년의 그 말을 인정했다. 그동안 자신과 흰 아기오리는 엄청나게 달라졌다. 소년의 방 거울에서 확인한 자신의 모습도 그랬고 자신의 눈으로 직접 보는 친구의 모습도 그랬다. 둘은 믿기지 않게 무럭무럭 자라고 있었던 것이다. 그래서 처음 이 집에 왔을 때보다 제법 많이 커져 있었다.

그날 밤부터 오리들은 소년이 거실 베란다에 설치한 굵은 철사로 만든 우리에서 자게 되었다. 좋게 말하면 둘만의 방이 생긴 셈이었다. 이 집 식구들이 모두 자기 방을 하나씩 가지고 있는 것처럼.

하지만 그것이 둘만을 위한 것이라고 할 수는 없었다. 그것은 최근 들어 깨닫게 된 변화와도 관계가 있는 것이

었다.

얼마 전부터 검은 오리와 흰 오리는 자신들의 몸에 변화가 생긴 걸 느끼고 있었다. 첫째는 똥이 묽어지고 둘째는 똥을 자주 누게 된 점이었다. 전에는 똥이 콩알처럼 작고 단단해서 소년이 치우기도 쉬었다. 그러나 똥이 묽어지면서 이불을 엉망으로 버리게 되었다. 그것도 전보다 훨씬 자주. 소년이 둘을 베란다로 내보낸 것도 실은 그래서인 듯했다.

그러나 검은 오리와 흰 오리는 밤엔 베란다의 철사우리 속에 들어가 잠을 잤지만 그 밖의 시간은 베란다에서 보냈고 가끔은 넓은 거실로 들어와 활기차게 뛰어다니며 지냈다.

식사도 바뀌었다. 처음 오리들은 소년이 인터넷에서 주문한 사료를 먹었지만 점차 몸집이 불어나면서 아주머니가 물에 밥을 말아 주기 시작했다. 드디어 둘은 이 집 식구들과 같은 음식을 먹게 된 것이다.

뿐만 아니라 아주머니는 가끔 둘에게 시금치도 줬다. 검은 오리와 흰 오리가 베란다 화분의 화초를 뜯이먹는 걸 보고 안 됐다고 생각했던 모양이었다.

그런데 시금치는 무지 맛이 있어서 참말로 환장할 지

경이었다. 식사 때 식탁으로 다가가면 식구들은 먹고 있던 시금치를 둘에게도 나눠주었다.

아주머니는 장을 볼 때마다 항상 오리들 몫의 시금치를 챙겼고 소년도 밖에 나갔다가 집으로 돌아오는 길에 시금치를 사오곤 했다.

그런 식구들에게 검은 오리와 흰 오리가 미안한 것은 여전히 똥을 제대로 가릴 수 없다는 점이었다. 그건 이상하게도 맘대로 되지 않았다. 똥이 마렵다 싶으면 적당한 장소를 찾기도 전에 금방 똥이 나와 버리는 것이었다. 말하자면 똥이 마렵다고 느끼는 시간이 너무 짧았다. 그 사실은 검은 오리와 흰 오리에게 커다란 약점이었지만 둘로선 어쩔 수 없는 일이었다.

그 바람에 베란다 꼴이 말이 아니었다. 바닥은 검은 오리와 흰 오리가 내갈긴 똥으로 지저분했고 화분의 화초는 둘이서 수시로 뜯어먹어 보기 흉했다. 그런데도 탓하지 않는 아주머니가 오리들은 고마웠다. 아주머니는 낮 시간에 둘이 거실에 싸놓은 똥을 몇 번씩이나 치웠고 밖에 나갔다 돌아오면 싫은 기색 없이 베란다부터 물청소를 했다. 다만 이웃집으로 냄새가 새어나가지 않을까 걱정했을 뿐. 그래서 베란다 창문도 제대로 열지 못했다.

날이 갈수록 베란다를 통해 들어오는 햇살은 더욱 뜨거워졌다. 그리고 검은 오리와 흰 오리는 자주 더위를 느꼈다. 아마 살갗의 무수한 털들 때문일지도 몰랐다. 그러면 아주머니와 소년은 번갈아가며 베란다의 수도꼭지를 열어 둘에게 샤워를 시켜주거나 화장실 욕조에 물을 받아 목욕을 시켜주었다.

지겨운 더위가 끝없이 계속되던 어느 날, 소년이 검은 오리와 흰 오리를 데리고 밖으로 나갔다. 전보다 큰 상자에 간신히 둘을 넣은 채 엘리베이터를 타고 내려가며 소년이 주의를 주었다.

"앞으로는 너희들을 데리고 나가기 힘들 거야. 지금도 누가 보면 곤란해. 그러니까 내려가는 동안 조용히 해야 돼."

소년의 말대로 둘은 조금만 더 크면 상자 같은 데 넣지도 못할 터였다.

아파트 단지 앞으로는 개천이 흐르고 있었다.

"여긴 청계천 끝자락이야. 이 길을 따라가면 엄마 학교와 내 학교가 나오고 조금 더 가서 청계천이 끝나."

소년은 자전거 뒤쪽 안장에 오리들을 담은 종이상자를 실었다. 그리고 상자 윗부분을 열고 줄로 안장에 묶었다. 둘로 하여금 청계천을 보게 하기 위해서였다.

소년은 곧 자전거를 타고 자전거 도로로 달리기 시작했다. 자전거를 달리는 동안 바람이 감겨와 시원했다. 둘은 상자에서 목을 빼고 물이 흐르는 쪽으로 눈을 주었다.

얼마쯤 달렸을까. 소년이 말했던 대로 아주머니 학교와 소년의 학교가 자전거길 옆에 나타났다. 소년은 자전거를 멈춰 세우고 오리들이 들어 있는 상자를 내려놓았다. 개천 건너편에 둘과 비슷하게 생긴 검은 오리와 흰오리 서너 마리가 서 있는 게 보였다.

"야, 너희들 어디 가는 거야?"

건너편의 맨 앞에 있던 낯선 검은 오리가 큰 소리로 물었다. 검은 오리는 대답하지 않았다. 낯선 오리와 말을 나눠본 적이 없었기 때문이었다.

그러자 낯선 검은 오리는 다시 소리를 질렀다.

"얘들아. 이쪽으로 건너와!"

그러나 지난번 계곡에서 헤엄쳤던 즐거운 기억을 갖고 있었지만 검은 오리는 물로 들어가지 않았다. 자신이 물에 들어가면 혹시라도 도망가려고 그러는 것으로 소년이 생각할까봐서였다. 검은 오리는 소년을 떠날 생각이 눈곱만큼도 없었다.

잠시 후 소년은 다시 둘을 자전거에 싣고 달렸다. 그리고 얼마나 지났을까. 개천이 다른 개천과 만나는 곳에서 다시 자전거를 멈췄다.

“여기가 청계천 끝이야. 그동안 집에 갇혀 있느라 답답했던 것 다 풀렸지?”

소년이 둘을 향해 히죽 웃으며 말했다. 그러더니 둘을 개천가에 풀어 놓고 나직하게 한숨을 쉬었다.

“그렇지만 이제부터가 문제야. 이웃사람들한테 들키지 않고 어떻게 너희들을 데리고 나올 수 있을지 말이야.”

그러나 검은 오리는 별로 걱정이 되지 않았다. 어떤 일이라도 소년이 다 알아서 해 줄 것 같았던 것이다.

소년은 오리들을 한참 뛰어놀게 하더니 다시 자전거에 싣고 다시 집으로 돌아왔다.

그 후로 더위가 며칠 더 이어졌다. 그러다가 베란다를 통해 들어오는 햇살의 열기가 점점 더 약해지기 시작했다.

검은 오리와 흰 오리가 태어나서 처음 맞은 여름이 끝나가고 있었다.

7. 이름이 생기다

청계천에서 낯선 오리들을 보게 된 것은 뜻밖의 일이었다. 그렇지만 그 오리들을 본 후로 검은 오리는 여러 가지 생각들이 연이어 떠올랐다.

'그 낯선 오리들은 어떻게 해서 거기에 살고 있을까. 언제부터 거기에 살았을까. 무얼 먹으면서 살까. 지난번에 아저씨가 말했던 자연이란 것이 청계천 같은 곳일까. 거기서 살면 힘들지 않을까. 나더러 거기서 살라고 한다면?'

검은 오리는 고개를 저었다.

자신이 없었다. 집도 없고 밤이면 지켜주는 사람도 없

는 그곳에서 산다는 것은 절대로 쉬운 일이 아닐 것 같았다. 아무리 그곳이 오리의 수명을 연장시켜주는 자연이라 할지라도.

검은 오리는 이 집이 좋았다. 자신과 흰 오리를 한 가족으로 인정해 주는 식구들이 있고 편하고 안전한 잠자리가 있으며 먹이 걱정이 없는 이 집이 좋았다. 그러므로 될 수 있으면 오래오래 이 집에서 살고 싶었다. 그것은 흰 오리도 마찬가지일 터였다. 그런데 아저씨는 생각이 조금 다른 모양이었다.

아저씨는 평소 생각이 많은 편이었다. 그래서 심각한 표정을 지으며 진지하게 생각에 잠기는 모습을 보일 때가 자주 있었다. 그런데 그 심각한 표정이 자신과 흰 오리와 관계된 것 때문이라면 정말 심각한 일이 아닐 수 없었다.

소년이 학원에 가고 없는 어느 날 저녁 아저씨가 오리들을 보며 말했다.

"얘들 여기서 편히 먹고 자고 하는 게 행복한 걸까?"

"글쎄요."

아주머니도 썩 자신 있는 대답을 하지 못했다.

"살아가는 데 있어 먹고 자는 게 전부는 아니니까."

"그래도 아무 걱정 없이 살게 된 건 다행한 일이잖아요."

"정말 그럴까?"

아저씨는 아주 고상한 고민을 하고 있었다. 사람은 무엇으로 사는가. 아니 오리는 무엇으로 사는가 같은.

거기에 대해선 아주머니처럼 검은 오리도 역시 자신 있게 대답할 수 없었다. 청계천에서 낯선 오리들을 본 후로 가끔 생각을 한 적은 있지만 검은 오리는 일단 편한 게 좋았다.

"혹시 오리의 행복을 구실로 삼은 우리의 이기심은 아닐까?"

아저씨는 스스로 답을 구하듯 나직하게 말했다.

"왜 그렇게 생각해요?"

"우리가 재들을 키우는 건 현빈이가 좋아하기 때문이잖아?"

그러자 아주머니는 속을 들킨 듯한 표정을 지었다.

"그, 그렇긴 하지만요."

"우리가 오리를 위하는 양 하지만 실은 우리가 오리를 필요로 하고 있다는 사실을 감추고 있는 것일 수도 있어."

"글쎄요."

아주머니의 얼굴이 점차 어두워졌다.

"재들은 오리들 끼리 사는 게 더 행복할 거야. 그러니 언젠가는 자연으로 돌려보내야 해."

"하지만 지금 당장은 아니에요. 재들은 아직 어려요. 그래서 낯선 환경에 쉽게 적응할 수 없을 거예요. 그러니까 보내더라도 좀 더 자란 후에 보내요."

"아무튼 생각해 볼 문제야. 어차피 내년이면 당신 현빈이 데리고 미국 갈 거 아냐?"

"아직은 멀었잖아요. 그러니까 그 문젠 좀 더 있다가 생각해 봐요."

그러나 아저씨와 아주머니가 나누는 이야기를 들으며 검은 오리는 착잡한 마음이 되었다. 그것은 당장은 아니더라도 언젠가 자신들에게 닥칠 일이기 때문이었다. 하지만 아주머니의 말대로 지금 낯선 세상으로 나가기엔 자신이나 흰 오리는 너무 마음의 준비가 되어 있지 않았다. 어쩜 편안한 생활에 너무 익숙해진 때문일 수도 있겠지만. 다행히 아주머니는 당장 둘을 내보낼 생각이 없는 듯했다.

며칠 후 아저씨와 아주머니가 바깥에 나갔다가 돌아오자 소년이 물었다.

"엄마, 뮤지컬 재밌었어?"

“재밌었다마다. 완전 감동이었어. 너도 같이 갈 걸 그랬다.”

아주머니는 감동이 채 가시지 않은 얼굴로 대답했다. 그러다가 갑자기 엉뚱한 소리를 했다.

“여보! 애들 이름 지어줘요.”

“이름?”

“아들! 어때? 우리 오리들도 이름이 있어야 하지 않겠니?”

“맞아. 내가 왜 그 생각을 못 했지?”

소년이 손바닥으로 자기 이마를 쳤다.

검은 오리는 아주머니가 이름 얘기를 꺼내자 속으로 무척 기뻤다. 그 전까지 자신과 친구는 오리로 불렸다. 아주머니는 보통 때 둘을 ‘오리들’ 하고 불렀다. 그래서 처음에는 검은 오리도 자신과 흰 오리의 이름이 오리인 줄 알았다. 그러나 가끔 아주머니가 친구와 자신을구별해서 부를 땐 ‘하이 흰 놈’ 혹은 ‘하이 검은 놈’ 했다. 그때 검은 오리는 깨달았다. ‘오리’도 ‘흰 놈’도 ‘검은 놈’도 친구와 자신의 이름이 아니라는 사실을. 아주머니는 둘을 구별해서 오리 대신 흰 놈과 검은 놈이라고 했지만 그게 둘만 있는 게 아니잖은가.

얼마 전 청계천에 나갔을 때만 해도 흰 놈과 검은 놈은 여럿 있었다. 따라서 둘의 이름이 따로 있어야 했다. 그보다 아주머니가 둘의 이름을 짓겠다는 것은 당분간 둘을 내보내지 않겠다는 뜻으로 생각되었다. 금방 내보낼 것 같으면 굳이 이름까지 지을 필요가 있을까.

"여보. 우리 오리들 이름 뭐라고 지을까요?"

아주머니가 소녀 같은 얼굴로 아저씨에게 물었다.

"글쎄……."

아저씨는 조금 민망한 듯한 표정이었다.

"아, 유리와 라라 어때요?"

"라라와 유리? 조금 전 본 〈닥터 지바고〉의 주인공 라라와 유리 말이야?"

"그래요. 어이, 아들! 아들 생각은 어때?"

아주머니는 아들의 생각을 구했다.

"응. 괜찮아. 뮤지컬의 주인공이라니까 괜히 멋있는 것 같아."

"그래. 그럼 지금부터 애들 이름은 유리와 라라야. 앞으로 그렇게 부르자."

아주머니는 신난 듯 활짝 웃었다. 아주머니 덕분에 검은 오리와 흰 오리는 이름이 생겼다.

8. 멋진 모습이 되다

유리는 자신이 못생겼다고 늘 생각하고 있었다. 그것은 이 집에 오던 다음날 소년의 방 거울에서 이미 확인한 사실이었다. 그래서 전신이 하얀색으로 고운 친구 라라에게 늘 미안했었다. 그런데 최근 들어서 그 생각이 조금씩 달라지기 시작했다.

얼마 전부터 유리의 몸은 또 하나의 변화를 겪었다. 라라의 몸은 여전히 흰 빛깔 그대로인데 유리의 몸은 검은색에서 회색으로 바뀌었던 것이다. 그것도 윤기 나는 옅은 회색으로. 뿐만 아니었다. 유리의 목은 초록빛을 띠고 그 아래로는 목걸이처럼 흰 테두리가 쳐졌다.

유리가 자신의 모습이 변한 걸 확인하게 된 건, 어느 날 소년의 방에 들어갔다가 무심코 거울을 보면서였다. 그때부터 유리는 가슴이 뛰었다. 아주머니가 지어준 유리가 어떤 사람인지 모르지만 자신도 그런 멋진 오리가 된 것 같았던 것이다. 그리고 그 사실을 다시 한 번 확인하게 되었다.

지난 여름의 몹시 더웠던 기억이 조금 가물가물해졌을 때 소년의 생일파티가 있었다. 소년의 생일파티는 집에서 열렸다.

"올해는 웬일이야. 레스토랑 대신 생일파티를 집에서 하겠다니."

아주머니는 케이크와 음식을 준비해놓고 약간 흥분한 모습으로 소년이 학교에서 돌아오기를 기다렸다. 그때 현관에서 초인종이 울리고 소년과 아이들이 떼를 지어 몰려들어왔다.

"안녕하세요!"

"안녕하세요!"

아이들은 아주머니에게 일제히 인사를 했다.

"어서들 오려무나."

아주머니가 아이들을 반갑게 맞았다.

아이들은 유리도 아는 얼굴들이었다. 소년과 같은 반 이짱, 삼짱과 이웃학교의 진호와 시현, 영대였다.

"우아, 얘들이 그때 그 오리들이야?"

현관에서 맨 먼저 올라서던 진호가 거실 한쪽에 서 있던 유리와 라라를 보고 무척 놀라는 표정을 지었다.

"맞아. 엄청 컸지?"

"응. 정말 되게 많이 컸다."

시현과 영대도 믿기지 않는다는 얼굴이었다.

"오리는 금방금방 자라나 봐."

"그러게."

이짱과 삼짱도 둘을 한참 들여다보고는 소년에게 가지고 온 선물을 차례대로 내밀었다.

"난 번데기 통조림."

"난 참치 통조림."

"땡큐!"

소년이 선물을 받아들고 거실 테이블 옆에 놓았다.

"어떻게 그런 걸 다 준비했니?"

아주머니가 기특한 듯 이짱과 삼짱에게 물었다.

"일짱이……."

삼짱이 대답을 하려다가 갑자기 입을 닫더니 다시 열

었다.

"현빈이가 자기 줄 것 말고 오리 먹을 걸 가져오랬어요."

"그랬구나. 아무튼 고맙다, 얘들아."

이어서 진호와 시현, 영대가 각자 가지고 온 선물을 꺼내놓았다. 모두 까만 비닐봉지에 싼 시금치였다.

"어머나, 세상에! 이런 걸 다 준비하다니. 우리 오리들이 오늘 횡재했네."

아주머니의 입이 함지박만하게 벌어졌다.

"현빈이가 오리를 엄청 챙기는 걸요."

진호가 소년을 보며 의미 있는 눈짓을 했다.

"그래 고맙구나. 그런데 민준이와 우진이는 내가 아는데 셋은 오늘 처음 보는구나?"

"우린 삼거리 뒤쪽 학교에 다녀요."

시현이 대답했다.

"그렇구나. 그런데 어떻게 현빈이랑 친구가 되었지?"

"그게 어떻게 된 거냐 하면요."

삼짱이 대답을 하려다가 장난스러운 얼굴로 소년을 쳐다봤다. 그러자 소년이 가로막고 나섰다.

"안 돼. 비밀이야!"

"비밀?"

아주머니가 어리둥절한 얼굴을 했다.

"응. 우리들은 비밀로 맺어진 사이야. 그렇지만 엄만 알면 안 돼. 알면 다쳐."

"그래, 그래. 엄마가 알려고 하지 않으마. 아무튼 사이좋게만 지내려무나. 자, 다들 앉자."

소년과 친구들, 그리고 유리와 라라가 한자리에 둘러앉았다. 소년이 케이크를 자르자 친구들이 노래를 불렀다.

"생일 축하합니다! 생일 축하합니다. 사랑하는 우리 현빈이……."

아주머니는 기분이 좋은지 과일을 깎고 소년과 친구들의 잔에 음료수를 채웠다. 유리와 라라는 그 곁에서 아주머니가 접시에 덜어준 참치와 번데기를 먹었다.

"그런데 수놈 정말 멋있어졌다."

아주머니가 잠시 안방으로 들어간 후 케이크를 먹던 진호가 유리를 내려다보며 소년에게 말했다.

"네가 봐도 그렇지?"

"그래. 전엔 새끼라서 잘 몰랐는데 이제 보니 수놈은 청둥오리야."

"청둥오리? 청둥오리는 겨울에 날아오는 거잖아?"

소년이 의아한 표정으로 물었다.

"아냐. 집에서 키우는 청둥오리도 있어. 전에 시골 친척집에 갔을 때 본 적이 있거든. 그리고 요 앞 청계천에도 몇 마리 살잖아. 그렇지만 아파트에서 청둥오리를 키우는 건 첨 봤어. 어떻게 키워?"

"응. 이 학기 개학하고서부턴 오전엔 베란다에 둬. 이젠 컸으니까 모이만 주면 걔네들 끼리 잘 놀아. 오후엔 엄마하고 나하고 교대로 보고."

"그런데 이웃에서 암 말도 안 해?"

"아마 우리 집에서 오리 키우는 줄은 아무도 모를 거야. 혹시라도 들킬까봐 늘 아슬아슬해."

"그런데 얘들은 왜 못 날지? 추운 데 살던 청둥오리들은 겨울에 날아서 우리나라로 오는데?"

이짱이 갑자기 생각난 듯 진호에게 물었다.

"그건 모르겠어. 아무튼 시골 친척집 청둥오리도 날지 못했어."

"그럼 얘들은 어떻게 태어났을까?"

이짱이 여전히 궁금한 듯 고개를 갸웃거리자 삼짱이 끼어들었다.

"얘들은 오리농장에서 태어난 거야."

"오리농장?"

잠자코 친구들의 얘기를 듣고 있던 영대가 되물었다.

"응. 전에 TV에서 봤어. 한꺼번에 많은 유정란을 큰 부화기에 넣은 후 한참 지나니까 새끼들이 알을 깨고 나왔어."

"유정란이 뭐야?"

"새끼를 만들 수 있는 알을 유정란이라고 해. 그렇게 태어난 새끼들은 그대로 팔기도 하고 키워서 식용으로 팔기도 한다고 해."

"야, 똑똑하네!"

이짱과 영대가 다시 봤다는 듯 삼짱을 쳐다보았다.

"그렇다면 얘들은 자기를 낳은 엄마 오리가 누군지도 모르겠네?"

시현이 뜻밖의 말을 했다. 그러자 소년이 고개를 가로저었다

"그건 우리도 마찬가지야. 자기가 태어나는 순간을 기억하는 사람은 아무도 없잖아. 얘들은 우리 집에 온 순간 우리 식구가 됐어. 난 얘들을 내 동생으로 생각해. 난 너희들처럼 형이나 동생이 없거든."

소년의 그 말을 듣는 순간 유리는 콧등이 찡했다. 문

득 돌아보니 라라도 같은 느낌인지 유리와 눈을 맞추며 고개를 끄덕였다.

"그런데 너 내년에 미국 간댔잖아?"

진호가 깜빡 잊고 있었다는 듯 소년에게 물었다.

"엄마는 교수가 되기 전에 미국에서 공부했다고 해. 그래서 내년에 일 년 쉬는 동안 미국에서 다니던 학교 가서 또 연구를 할 거래. 그 참에 나도 데리고 가겠다는 거야. 영어공부도 시킬 겸."

"그럼 오리들은 어떻게 해?"

"나도 그게 고민이야. 엄마 얘기는 일 년 정도 얘들 맡아줄 사람을 찾아보겠다고 했어."

소년이 조금 풀이 죽은 얼굴로 대답했다.

"찾아보면 나올 거야. 걔들 맡아줄 사람이."

진호가 어른스럽게 소년을 안심시켰다. 그러자 소년도 고개를 끄덕이며 천천히 말했다.

"그래. 난 절대로 얘들하고 헤어지지 않을 거야."

9. 라라, 죽다 살아나다

유리가 라라와 함께 처음 맞은 가을도 제법 깊어가고 있었다. 그래서 베란다로 들어오는 한낮의 따사로운 햇살이 오히려 반가웠다.

그런 어느 날 식구들이 연속극을 보느라 늦게까지 모여 있었다. 유리도 라라와 나란히 앉아 식구들과 함께 내용도 잘 알 수 없는 TV를 보고 있었다. 그때 아저씨의 심상찮은 목소리가 들렸다.

“재, 왜 저러지?”

“왜요?”

TV를 보던 아주머니가 라라 쪽으로 고개를 돌렸다.

유리도 황급히 고개를 돌려 라라를 바라보았다. 라라는 고개를 숙인 채 몸을 부들부들 떨고 있었다.

"정말 얘 왜 이래?"

아주머니가 걱정스런 표정으로 라라를 들여다보았다. 라라는 도리질하듯 머리를 흔들다가 몸을 부르르 떨기를 반복했다.

"좀 이상해요."

"그런 것 같아."

소파에서 거실 바닥으로 내려앉은 아저씨의 표정도 굳어졌다.

"조금 전까지 잘 놀았는데……. 그 새 다른 걸 먹은 것도 없고."

"그런데 갑자기 왜 이러지?"

"그러게요."

아저씨와 아주머니는 영문을 모르겠다는 듯 잠시 라라를 지켜보았다. 그러나 라라는 몸 떨림을 멈추지 않았다.

"체했나?"

"먹은 게 없다면서?"

"그렇긴 한데요."

그때 라라가 갑자기 몸을 일으켰다. 그리고 앞으로 걸

어 나갔다. 그런데 그 걸음걸이가 보통 때와 달랐다. 라라는 어딘가 불편한 듯 한쪽 다리를 절었고 몸도 뒤뚱거렸다.

'왜 저러지. 오늘 저녁만 해도 줄곧 나와 같이 있었고 따로 먹은 것도 없는데.'

힘겹게 걷던 라라는 몇 걸음 못 가 그 자리에 주저앉았다. 그러자 아주머니가 다가와 라라를 안았다.

"여보. 얘 정말 이상해요. 안색이 안 좋아요. 그리고 식은땀을 흘려요."

유리는 오리의 안색이, 그리고 식은땀이 어떤 건지 몰랐다. 하지만 아주머니에겐 그게 보이는 모양이었다.

아주머니는 라라의 몸을 이곳저곳 부드럽게 문질렀다. 차가워지는 몸을 덥히려는 것 같았다. 하지만 라라는 반응을 보이지 않았다. 그러자 아주머니는 얼른 물을 떠와 라라에게 먹였다. 그것 말고는 달리 취할 만한 특별한 조치가 없는 것 같았다.

아주머니는 라라가 어렵사리 물을 몇 모금 넘기자 조심스럽게 바닥에 내려놓았다. 그러나 라라는 움직이지 않았다.

"여보, 어째요?"

아주머니가 아저씨를 돌아다보며 울상을 지었다.

“거, 참말로 이상하네. 왜 저럴까.”

아저씨도 알 수 없는 일이라는 듯 얼굴이 어두웠다.

“동물병원에라도 가 봐야죠?”

아저씨를 바라보는 아주머니의 두 눈은 절망의 빛이 가득했다.

“지금이 몇 신데. 벌써 퇴근하고 없을 거야.”

“그럼 대학병원 응급실에라도…….”

“그렇다고 거길 어떻게…….”

아저씨는 약간 어이없어 하면서도 아주머니의 어깨를 다독거렸다.

아저씨와 아주머니가 걱정을 하는 동안 유리는 초조한 나머지 안절부절 못하고 이리저리 왔다 갔다 했다. 라라는 바닥에 엎드린 채 가녀린 숨을 쉬고 있었다. 그러나 그 숨마저 점점 가늘어지는 것 같았다.

‘아, 아저씨가 전에 얘기했던 죽는다는 게 저런 것이구나.’

유리는 설마 했던 일이 눈앞에 다가오자 미칠 것만 같았다. 그리고 가슴이 먹먹해지면서 아무 생각도 나지 않았다. 그 순간 희미하게 숨을 쉬던 라라가 고개를 쳐들며 목을 세웠다.

'아, 다시 살아나는 건가.'

그러나 라라가 안간힘을 다해 쳐들었던 목은 곧바로 꺾였다. 그리고 고개를 바닥에 처박은 채 라라는 더 이상 움직이지 않았다. 얼마나 시간이 지났을까.

"숨을 쉬지 않아요."

라라의 얼굴을 들여다보고 목에 손을 대보던 아주머니가 울먹이는 소리로 말했다.

"어떻게 하지……."

아저씨도 침통한 표정으로 중얼거렸다.

"묻어줘야죠."

"그래야겠지."

"어디에 묻으면 좋을까요?"

"글쎄. 아파트 마당에 묻을 순 없고……."

"양지바른 산을 찾아서 묻어줘요."

"그러지."

"구청 같은 데 매장신고는 안 해도 되겠죠?"

"아마 그건 필요 없을 거야."

식구들과 유리는 바닥에 엎드린 채 움직이지 않는 라라를 물끄러미 바라보았다. 아주머니가 미동조차 없는

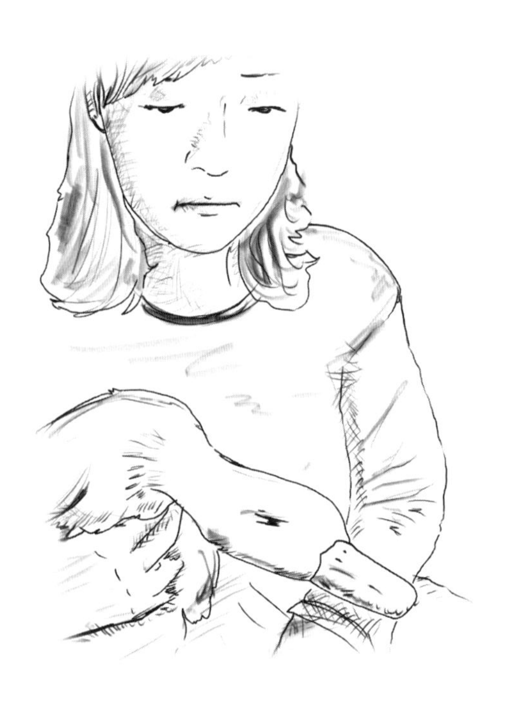

라라의 몸을 쓰다듬다가 급기야 울음을 터트렸다.

"불쌍한 라라……."

유리도 눈물을 참기가 힘들었다.

'도대체 왜 라라가…….'

유리는 라라와 함께 해 온 날들을 되돌아보았다.

둘은 태어나자마자 부모도 모른 채 버려져 거리로 팔려나왔고 소년 덕분에 이 집으로 오게 되었다. 그리고 다시 이 집 식구들로부터 버림받지 않기 위해 열심히 먹으며 건강을 챙겼다. 처음에는 낯설고 어색했지만 이 집에 살게 되면서 즐거운 일도 많았다. 우선 아저씨, 아주머니, 소년 같은 좋은 사람들을 만났고 그들과 함께 소풍도 가고 소년을 따라 학교로, 학원으로, 청계천으로 나들이도 했다. 물론 똥을 제대로 가리지 못해 아주머니와 소년에게 수고를 끼치기는 했지만. 그러는 가운데 이 집 식구들에게 한 가족으로 인정받게 되었다. 그런데 라라가 죽다니.

결국 유리도 눈물을 보이고 말았다. 한번 흐르기 시작한 눈물은 걷잡을 수 없이 쏟아졌다. 그러다가 아주머니의 젖은 눈과 마주쳤다.

"그래. 울어라, 너도. 슬픈데 참지 말고."

아주머니가 유리의 머리를 껴안으며 살며시 쓰다듬어 주었다. 유리는 아주머니의 품에 머리를 박은 채 꾸역꾸역 울었다. 눈물이 여름 홍수처럼 아주머니의 옷자락을 흥건히 적셨다. 그때였다. 소년이 소리쳤다.

"엄마! 라라가 움직여!"

유리는 화들짝 고개를 쳐들고 라라에게 달려갔다.

라라가 천천히 얼굴을 들고 있었다. 그리고는 힘겹게 몸을 일으켜 세웠다.

"세상에!"

아주머니가 탄성을 올렸다. 라라는 어렵게 앞으로 걸음을 옮기고 있었다.

"엄마, 괜찮아진 것 같아."

"그러게."

아주머니가 라라를 두 손으로 잡고 무릎 위에 올려놓았다. 라라는 누운 채로 아주머니를 올려다보았다.

'죄송해요. 걱정을 끼쳐드려서…….'

아주머니는 라라의 마음을 읽었다는 듯이 고개를 저었다.

"아니야. 살아줘서 고맙다. 난 네가 잘못된 줄 알았는데 정말 고마워."

그 순간 아주머니와 아저씨의 얼굴에 웃음이 피어났고 소년은 휴, 하고 크게 숨을 내쉬었다.

"라라야. 아프지 말고 잘 자라서 우리에게 오리알도 한 판 먹게 해 줘야지."

라라가 괜찮아지는 듯하자 아주머니는 여유를 되찾았는지 웃으며 말했다.

라라가 왜 죽을 뻔했는지 유리는 알 수 없었다. 그렇지만 어쨌든 살아줘서 다행이고 고마웠다. 그런데 오리알 한 판이라니. 그게 무슨 말인가.

10. 라라, 어른이 되다

"야, 너희들 때문에 내가 식겁했다 아이가. 식겁했다는 게 무슨 말인지 알아? 우리 반에 경상도에서 온 녀석이 하나 있는데 깜짝 놀랄 때마다 식겁했다 아이가, 하거든. 킬킬."

소년은 베란다에 쪼그리고 앉아 유리와 라라를 보며 혼자 킬킬댔다. 그리고 말을 이었다.

"그런데 지난번 너희들 때문에 정말 내가 식겁했단 말이야. 아빠 말대로 니희들이 오래 못 사는 게 아닌가 하고. 엄마는 몸이 약한 편이야. 그래서 결혼하고 십 년 만에 낳은 내가 혹시라도 아플까봐 늘 걱정이지. 하지만 너희들도 보다시피 난 튼튼해, 일짱을 할 정도로 말이야. 평소 내가 무지 잘 먹고 잘 놀거든. 그러니까 너희들도 나처럼 그러면 돼. 앞으로는 다시 나를 식겁하게 하지 마. 킬킬."

소년은 유리와 라라를 웃기려고 안간힘을 썼다.

그러나 며칠 전 한번 죽을 뻔했던 탓인지 그 후로 라라는 힘이 빠진 모습이었다. 언제든, 특별한 일 없이도 죽을 수 있다는 사실을 깨닫게 된 때문인지도 몰랐다. 그러나 그건 오리든 사람이든 마찬가지일 터였다. 그래서 유리는 마음을 크게 먹기로 했다. 그만큼 자신이 조금씩 성숙해지고 있는 건지도 몰랐다.

그렇지만 그 일로 라라는 유리에게 더없이 소중하게 생각되었다. 전에도 그랬지만 세상에서 라라를 가장 잘 알고 깊이 이해하는 친구는 유리였다. 둘은 아주 어린 시절부터 줄곧 같이 있었고 서로 커가는 모습을 지켜보면서 지내왔다. 유리는 라라가 없는 세상을 상상할 수가 없었다.

유리는 다소 퉁명스러웠던 말투도 바꾸고 목소리도 다정스럽게 꾸미는 등 라라에게 전보다 한층 더 부드럽게 대했다. 그리고 모든 걸 미리미리 챙겨주었다. 그런 유리의 마음이 전해진 모양이었다. 어느 날 라라가 유리에게 말했다.

"그동안 미안했어."

"뭘?"

"뭐든지 내 맘대로 했잖아. 네 기분은 생각지 않고."

"난 기억이 안 나는데……."

"좋은 건 항상 내가 먼저 했잖아. 먹는 것도 내가 먼저 먹고 샤워도 내가 먼저하고."

"너라면 그래도 돼."

"왜?"

"예쁘니까. 예쁘면 모든 게 용서 돼."

"설마."

라라는 배시시 웃었다. 그 소리가 싫지는 않은 모양이었다. 라라의 웃는 얼굴은 대단히 미안한 말이지만 아주머니보다 아름다웠다.

"정말이야."

"앞으론 안 그럴게."

"난 괜찮아."

"그런데 지난번 내가 아팠을 때 정말 슬펐어?"

"그걸 말이라고 해?"

"고마워. 걱정해줘서."

"그러니까 앞으론 아프지 마."

"그럴게."

라라가 유리의 어깨에 살며시 머리를 기대며 대답했다.

파란 하늘이 점점 높아져가는 가운데 가을이 지나가고 있었다. 라라의 날개를 닮은 구름이 파란 하늘에 떠 있는 게 왠지 쓸쓸해 보였다. 어디선가 바람이 부는지 나뭇가지들이 쏴아 하면서 흔들렸다. 그럴 때면 유리는 마음 속 밑바닥까지 남김없이 쓸려나가는 것 같았다. 정말이지 가을이란 계절은 오리의 마음을 허전하게 하는 묘한 데가 있었다.

그런데 며칠 지나서였다. 정말이지 까무러칠 만한 일이 생겼다. 새벽이 되어도 라라가 눈을 뜨고도 일어나지 않는 것이었다. 유리는 가슴이 철렁했다. 또 라라에게 무슨 일이 생긴 건가.

그렇지만 이번엔 지난번 라라가 아팠을 때와는 조금 달랐다. 몸을 웅크리고 있는 라라의 얼굴엔 땀이 번지고 있었지만 아픈 것 같지는 않았다. 다만 뭔가 애쓰는 기색이 역력했다. 그러더니 한참 지나서야 자리에서 일어나 옆으로 옮겨 앉았다.

순간 유리는 자신의 눈을 의심하지 않을 수 없었다. 라라가 앉아 있던 자리에는 못 보던 알이 놓여 있었다.

세상에!

아주머니가 일전에 말하던 바로 그 오리알이었다. 그러니까 라라는 어른이 된 것이었다.

유리는 생각을 가다듬으러 먼저 철사우리를 나왔다. 이 사실을 어떻게 받아들여야 할지 혼란스러웠다. 라라와 자신이 벌써 어른이라니.

베란다 유리문을 통해 거실 안을 들여다보았다. 아직 식구들은 아무도 일어나지 않은 것 같았다. 라라는 여전히 철사우리 안에 앉아 있었다. 라라도 예기치 않은 일로 충격이 컸을 것이다. 유리 역시 마음을 진정시키지 못한 채 한참을 그대로 서 있었다.

얼마의 시간이 지났을까.

안방에서 아주머니가 문을 열고 나왔다. 그리고는 베란다 쪽으로 와 유리문을 열다가 철사우리를 보고는 깜짝 놀라는 얼굴을 했다.

“이게 웬일이야?”

순간 유리는 알을 지켜야 한다는 생각에 아주머니를 가로막고 섰다. 그때 우리에서 라라가 나와 유리 옆에

섰다.

“알을 아주머니께 드려.”

“무슨 말이야?”

“그건 나중에 얘기할게.”

라라의 표정이 너무 간절해서 유리는 옆으로 물러섰다.

그러나 아주머니는 우리에서 알을 꺼내지 않고 도로 안으로 들어갔다. 그리고는 잠시 후 아저씨와 소년을 깨워가지고 나왔다.

“라라가 알을 낳았어요. 봐요.”

“정말이네. 고 녀석 참 기특하네. 어떻게 다섯 달 만에 알을 낳지?”

아저씨도 믿기지 않는다는 듯한 표정을 지었다.

“그런데 왜 알을 안 품어?”

신기한 듯이 알을 내려다보던 소년이 아저씨에게 물었다.

“글쎄.”

아저씨가 고개를 갸웃거렸다.

유리는 조금 불편한 심정으로 아주머니가 알을 꺼내가는 걸 그냥 지켜보았다. 라라의 말에 따르긴 했지만 소중한 뭔 빼앗기는 기분이었다.

식구들이 다시 안으로 들어갔을 때 유리는 라라에게 물었다.

"왜 그런 거야?"

그러자 라라는 한참 동안 대답이 없다가 이윽고 입을 열었다.

"실은 나도 처음 알을 낳았을 때 품으려고 했었어. 하지만 그게 하루 이틀 품어서 되는 게 아닌 것 같아."

"그럼 몇 며칠 계속해서 품으면 되잖아?"

"그리고 아직 우리는 우리의 아기를 가질 때가 아니란 생각이 들었어. 아저씨 말대로 아직 우린 고작 다섯 달밖에 살지 않았잖아. 그리고 앞으로 수십 년을 더 살아갈 거잖아. 우린 너무 빨리 어른이 되었어. 그런데 벌써부터 아기를 키운다는 건 좀 그래."

듣고 보니 그랬다. 유리는 그런 말을 하는 라라가 갑자기 어른스러워 보였다. 하긴 어른이긴 하지만. 그렇지만 그런 속 깊은 생각을 하는 게 전보다 훨씬 어른스러워진 것처럼 느껴졌다.

"그리고 우리가 벌써부터 아기를 갖게 되면 세상은 온통 오리로만 넘쳐날 거야."

그러면서 라라는 유리를 향해 사랑스러운 눈웃음을

보냈다.

그런데 그날 저녁, 아주머니가 아저씨와 함께 시장에 가서 천으로 된 라라의 새 보금자리를 사왔다.

"라라야. 이제부터 여기서 알을 낳고 품도록 해."

그러고 보면, 그처럼 속 깊은 라라에 비해 아주머니는 조금 단순한 데가 있었다. 라라는 자신의 입장과 세상의 형편까지 생각했던 것인데 대학교수라는 아주머니의 생각은 거기에 미치지 못했던 것이다.

그날 이후로 라라는 매일 알을 낳았지만 품지는 않았다. 그래서 아주머니가 사온 새 보금자리는 필요 없게 되었다.

"서운하지 않아?"

매일 아침 아주머니가 알을 가지고 가는 것을 보며 하루는 유리가 라라에게 물었다.

"아니. 이 집 식구들에게 좋은 일이라면 난 좋아."

"그래."

"조금이나마 은혜를 갚는 일이잖아. 좋은 분들에게."

라라의 말대로 이 집 식구들은 정말 좋은 사람인들인 것 같았다. 라라가 알을 낳기 시작하면서 많이 핼쑥해졌다고 아주머니는 하루에도 여러 차례 상추 등 채소를 챙겨 주었다. 그리고 자주 베란다 유리문을 열어 거실과 오가며 운동을 할 수 있게 해 주었다.

가을은 올 때보다 훨씬 빠른 속도로 지나갔다. 한 번 더 가을비가 내린 이후로는 햇살도 많이 식었다. 그렇게 겨울이 오고 있었다. 그리 멀지 않은 곳에서.

11. 언젠가는 떠나야 한다

겨울이 되면서 아주머니는 이곳저곳에 전화를 걸기 시작했다. 내년에 유리와 라라를 맡아줄 사람을 찾기 위해서였다. 소년은 둘에게 아주 헤어지는 게 아니고 일 년 만 떨어져 있는 것이라고 했다. 그렇지만 그것조차도 유리는 두려웠다.

그런데 둘을 맡아줄 사람을 찾는 일은 쉽지 않은 것 같았다. 저녁에 퇴근한 아저씨에게 아주머니가 말했다.

"적당한 사람이 없네요. 정년퇴직한 교수님 한 분이 전원주택에 살고 계시는데 부부가 자주 집을 비우기 때문에 맡기가 힘들대요."

"그럼 양평에서 조각하시는 분은?"

"그 분도 어렵대요. 그리고 오리는 처음 자기를 키워 준 사람을 엄마로 생각한대요. 그래서 다른 사람은 키우기 힘들대요."

"설마……."

아저씨는 믿을 수 없다는 얼굴을 했다. 유리는 속으로 외쳤다.

'아니에요, 아저씨. 우리도 아저씨와 아주머니를 아빠, 엄마로 생각하고 있는 걸요.'

"어떡해요?"

"글쎄. 좀 더 알아봐야지."

아저씨가 짧게 한숨을 쉬었다.

일단 한 고비는 넘긴 것 같았다. 그러나 불안한 마음은 여전했다. 둘을 맡아줄 사람이 끝까지 나타나지 않으면 아예 버려지지나 않을까 싶었던 것이다. 지난 여름에 청계천에서 보았던 오리들도 그런 식으로 버려진 게 아닐까.

그러면서도 유리는 자신이 이 집 식구들만 믿으면서 너무 편하게 살고 있는 건 아닌가 하는 생각을 문득 했다. 어쩜 아저씨가 말했던 자연으로 돌아가는 게 옳은 건 아닌가 하는 생각도. 그럴 때면 머리가 아팠다. 그리고 자신이 없고 겁이 났다.

그러는 사이 겨울이 조금씩 깊어지고 한 해가 저물었다. 유리와 라라에겐 처음 맞게 되는 새해였다. 그날 식구들이 TV 앞에 모여 앉아 케이크를 나누어 먹었다. TV에선 여러 사람들이 커다란 종을 치고 있었다. 유리와 라라도 늦게까지 자지 않고 식구들 곁을 지켰다.

"너희도 새해를 맞는구나. 새해에는 건강하게 잘 자라거라. 라라는 작년에 아팠으니까 올해는 더 건강해야지."

아주머니가 참치랑 번데기랑 시금치를 거실 바닥에 내려놓으며 라라의 머리를 쓰다듬었다. 유리는 그렇게 말하는 아주머니가 참 좋았다.

며칠 후 소년의 친구들이 놀러 왔다. 이짱과 삼짱이었다.

"미국엔 언제 가니?"

삼짱이 약간 부러운 듯이 소년에게 물었다.

"아직 몰라."

"엄마 안식년이 멀었어?"

"새 학기부터지만 겨울방학이 시작되었으니까 언제든지 가면 돼."

"그런데 왜 안 가?"

"가면 일 년 정도 있을 거니까 여기서 미리 건강검진 받고 갈 거래."

"그럼 곧 가긴 가겠네?"

이짱도 반은 부럽고 반은 섭섭한 마음을 드러냈다.

"그렇겠지."

"그런데 왜 시무룩해? 쟤들 때문에 그래?"

삼짱이 거실 TV 앞에 앉아 졸고 있는 우리를 돌아다 보며 물었다.

"모르겠어. 전에 다른 친구들이 미국 갔다 오는 것 볼 땐 나도 조금 부러웠어. 그래서 가고 싶기도 했구. 그런데 막상 가게 되니까 왠지 신이 나지 않아. 그게 오리들 때문인지 아닌지는 잘 모르겠어."

소년은 스스로도 알 수 없다는 듯 고개를 갸웃거렸다.

그리고 한동안 아주머니는 유리와 라라를 맡아줄 사람을 찾는 전화를 하지 않았다. 대신 아침에 출근했던 아저씨가 낮에 집으로 와서 아주머니와 함께 다시 나가는 일이 여러 번 있었다. 그동안 유리는 베란다에서 라라와 둘이서 지냈고 소년과 함께 거실에서 시간을 보내기도 했다.

"엄마는 조금 겁쟁이야. 의사 선생님이 미국 가기 전

에 몇 가지 검사를 해 보자니까 시키는 대로 하고 있거든. 내겐 괜찮다고 하면서 말이야. 한 가지 검사를 할 때마다 며칠씩 걸려. 그래서 검사를 다 마치려면 한참 기다려야 해.”

어느 날 학원에 다녀온 후 소년이 베란다로 나와 유리와 라라를 보며 말했다.

“난 엄마 걱정 안 해. 엄만 몸이 약하지만 지금까지 특별한 병은 없었거든. 난 너희들이 걱정이야. 엄마는 검사 받느라 너희들 맡아줄 사람 알아볼 겨를이 없나봐. 내 친구들도 너희들 맡을 형편이 안 되는 것 같구. 하지만 곧 나타날 거야.”

소년은 걱정 말라는 듯이 유리와 라라의 머리를 어루만졌다.

그러나 그 후로 소년의 얼굴은 조금씩 어두워졌다. 혹시 자신들을 맡아줄 사람이 나타나지 않아서 그런 건 아닌가 싶어 유리도 마음이 무거워졌다.

유리는 자주 베란다에 서서 청계천을 내려다보았다. 드문드문 얼음이 얼어 있는 청계천엔 흰두루미, 황새, 백조 등 갖가지 새들이 모여 있고 청둥오리들도 많이 보였다. 소년은 유리에게 그들이 겨울을 나기 위해 멀리서 날아온 철새들이라고 가르쳐주었다.

유리는 얼음 사이를 헤엄치고 있는 두 청둥오리에 눈을 주었다. 한 청둥오리는 자신과 겉모습이 같았지만 다른 청둥오리는 자신은 물론 라라와도 전혀 닮지 않았다. 저들이 암수 청둥오리 한 쌍이라면 라라는 청둥오리가 아니었다. 둘은 차가운 물 위를 다정한 모습으로 유유히 헤엄치고 있었다. 저들은 어떤 사이일까?

"유리!"

고개를 돌리니 언제 왔는지 라라가 옆에 서 있었다.

"응, 라라!"

"쟤들을 보는 거야?"

"그래."

"쟤들도 언젠가 떠나겠지?"

"그럴 거야."

"우리도 떠나게 되는 걸까?"

라라가 조금 불안하고 암담한 표정으로 물었다.

"그렇게 될 것 같아."

"떠난다면 우린 어디로 가게 되는 걸까?"

"그건 나도 알 수 없어."

아주머니나 소년은 둘을 맡아줄 사람에게 보내겠다고

했다. 그리고 유리도 그렇게 되기를 바랐다. 그래야 나중에라도 아주머니와 소년을 다시 만날 수 있을 테니까. 그러나 둘을 맡아줄 사람이 나타나지 않는다면 그 다음은 어떻게 될지 자신 있게 말할 수 없었다.

"난 다른 집에도 안 갔으면 해."

"왜?"

"모르겠어. 그런 생각을 하면 그냥 불안해져서……."

유리는 가만히 라라의 얼굴을 들여다보았다. 라라 역시 유리처럼 이 집을 떠나는 데 대해 두려워하고 있는 듯했다.

"처음 거리에서 이 집에 올 때도 불안했는데 괜찮았잖아."

"만약에 아무도 우릴 맡지 않는다면?"

"그렇더라도 걱정할 것 없어. 나만 믿어."

유리는 애써 용기를 내어 라라를 안심시켰다. 그리고 지난 여름 청계천에서 보았던 오리들을 떠올렸다. 아무도 둘을 맡지 않는다면 그 오리들처럼이라도 살아야 하는 것이다. 그러자 라라가 무슨 말을 하려다 말았다.

"왜, 그래도 불안해 해?"

"나는 청둥오리도 아니고……."

라라도 알고 있구나. 자신이 청둥오리가 아니라는 사실을.

"그게 어쨌다구?"

"만약 우리가 자연으로 가게 되면 저기 청둥오리들처럼 유리도 청둥오리들 끼리 살게 될 게 아냐?"

라라의 목소리가 촉촉이 젖어들었다.

"그런 일은 없을 거야. 난 어떤 일이 있어도 라라와 헤어지지 않아."

"정말?"

라라가 고개를 쳐들고 유리를 바라보았다.

"당연하지. 우리는 이미 남이 아니야. 라라는 그렇게 생각 안 해?"

"아니. 그렇게 생각해."

"지난 여름에 청계천에서 보았던 검은 오리도 청둥오리였어. 그런데 흰 오리들과 함께 살고 있었잖아."

"그렇긴 해."

그러나 청둥오리인 자신과 집오리인 라라는 어떻게 처음부터 같이 있게 되었을까. 어쩜 소년의 친구 삼짱의 말처럼 오리농장에서 무더기로 만들어진 것은 아닐까.

생각이 그런 데까지 미치면 어쩔 수 없이 슬퍼졌다.

"게다가 저기 있는 얼룩덜룩한 암컷 청둥오리보다 하얀 라라가 훨씬 예뻐."

"사실이 아니라 하더라도 그렇게 믿을게."

"그리고 나도 겉모습은 청둥오리지만 날지는 못하잖아."

"왜 그럴까?"

"나도 잘 모르겠어. 앞으로 차차 알게 되겠지."

"아무튼 이 집을 떠나야 한다고 생각하니 슬프다."

라라가 다시 착 가라앉은 얼굴로 한숨을 내쉬었다.

12. 긴 겨울의 꿈

“전에 내가 말했지. 엄마는 조금 겁쟁이라고. 그걸 다른 말로 하면 건강염려증 환자라고 하지. 의사 선생님이 그랬대. 당분간 몸에 이상이 있는지 없는지 좀 더 지켜본 후에 미국으로 떠나라고.”

소년은 유리와 라라에게 모이를 주며 혼잣말하듯 말했다. 가끔 소년이 베란다 창을 열 때마다 한겨울의 칼 같은 바람이 들어왔다. 그러나 창을 닫으면 한낮의 베란다는 가득 넘치는 햇살로 따사롭기 그지없었다.

“엄마 친구들은 그냥 떠나도 괜찮다고 했어. 의사들이 하는 말 다 들으면 아무 것도 못 한다고. 그런데도 엄마는 의사 선생님 말만 믿어. 그 덕분에 나는 잘 됐지, 뭐. 너희들을 안 보내도 되니까 말이야."

소년은 문득 어두운 표정을 짓다가도 유리와 라라와 함께 있으면 밝은 얼굴이 됐다.

전처럼 아침에 출근했던 아저씨가 낮에 돌아와 아주머니와 함께 밖으로 나간 날 소년의 친구들이 들이닥쳤다. 소년의 생일날 모였던 이짱과 삼짱, 그리고 진호, 시현, 영대 들이었다.

"야, 오라고 해서 미안해."

소년이 현관에서 친구들을 맞았다.

"미안하기는. 우린 의리 빼면 시체잖아."

이짱과 진호가 거실로 올라서며 씩씩하게 말했다.

"얘들아, 안녕!"

삼짱과 시현이 거실 한쪽에 서 있는 유리와 라라에게 인사를 했다.

"엄마는?"

삼짱이 소년에게 물었다.

"응. 아빠와 병원에 갔어."

"자, 그럼 뭐부터 할까?"

시현이 거실을 둘러보았다.

"우선 베란다부터 청소하자."

소년의 말에 영대가 베란다로 나가 바깥창문을 열었다.

"어휴! 이 녀석들 제대로 싸질러 놨네!"

베란다로 들어서던 시현이 유리와 라라가 이곳저곳에 가득 싸놓은 싼 똥을 보며 입을 딱 벌렸다.

"빨리빨리 하고 창문 닫아야 해. 이웃에 냄새 퍼지면 곤란하니까."

소년이 수도를 틀어 바닥에 물을 뿌리자 시현과 진호가 빗자루로 쓸었다. 영대도 거실에서 빗자루를 찾아와 거들었다. 넷이서 서두르며 청소를 하자 베란다는 금방 깨끗해졌다.

그 사이에도 유리와 라라는 거실을 왔다 갔다 하며 찔끔찔끔 똥을 흘렸다.

"아, 이 녀석들 못 말리겠다!"

주방에서 거실 쪽으로 바닥을 쓸며 나오던 이짱과 삼짱이 소리쳤다. 그러면서도 둘을 싫어하는 눈치는 아니었다. 이짱과 삼짱이 주방과 바닥을 쓸고 나자 소년이 베란다에서 거실로 들어와 다시 청소기를 돌렸다.

베란다 청소를 끝내고 거실로 들어온 시현과 진호, 영대는 소년과 이짱, 삼짱과 함께 걸레를 빨아들고 땀을

뻘뻘 흘리며 주방과 거실 바닥, 소파와 탁자를 열심히 닦았다. 그러자 집안은 몰라보게 달라졌다.

청소가 끝나자 소년은 유리와 라라를 베란다로 내보내고 거실로 들어오지 못하도록 거실 유리문을 조금만 열어 놓았다.

"힘을 합치니까 금방이네!"

삼짱이 거실을 돌아보며 환하게 웃었다.

"모두들 고마워. 엄마가 기뻐할 거야. 사실 요즘 엄마가 병원 왔다 갔다 하느라 청소를 제대로 못 했거든. 게다가 베란다 창문을 열 수 없으니까 냄새는 고스란히 안방으로 들어갔지."

소년이 둘러앉은 친구들에게 과자와 음료수를 내놓으며 말했다.

"엄만 좀 어떠셔?"

진호가 조심스럽게 소년에게 물었다.

"응. 여러 가지 검사를 받고 있어."

"어디가 안 좋아?"

"그런 건 아닌가봐. 그런데도 의사 선생님은 계속 검사를 해 보자고 한대."

소년은 답답한 표정으로 고개를 갸웃거렸다. 그러다

가 다시 밝은 표정을 지었다.

“야. 우리 자장면 곱빼기로 시켜먹자. 청소하느라 힘들었으니까.”

“좋아!”

소년의 말에 모두들 신난다는 듯 소리를 질렀다.

소년과 친구들이 자장면을 먹고 있을 때 아주머니가 돌아왔다.

“어, 이게 웬일이야?”

아주머니가 집안을 둘러보다가 눈이 휘둥그레졌다.

“친구들이 놀러 와서 청소해 줬어.”

소년이 자랑스럽게 대답했다.

“세상에! 고맙다, 얘들아!”

아주머니는 몹시 감격한 얼굴이었다. 그러다가 약간 울먹이는 소리로

“우리 아들! 다 컸네!”

하며 소년을 가볍게 껴안았다. 그러자 소년이 재빨리 아주머니의 팔을 떼어냈다.

“아이 참, 엄마는. 친구들 보는데 뭐야.”

“그래그래. 미안하다, 어린애 취급해서. 하지만 오늘 정말 착한 일했다.”

"그럼 대신 친구들과 밖에 나가 좀 놀다 올게. 친구들 수고 많이 했거든."

"그래라."

아주머니가 준 돈을 받아들고 소년이 친구들과 밖으로 나갔다.

"그래, 아들. 너도 이제 철부지 어린애가 아닌데 엄마가 몰랐네……."

아주머니는 현관에 서서 소년이 나간 문을 바라보며 중얼거리다가 돌아섰다. 유리와 라라는 열린 유리문 사이로 거실에 들어갔다.

"유리야! 라라야!"

아주머니가 거실 바닥에 앉으며 둘의 몸을 차례로 쓰다듬어주었다.

"너희들도 봤지? 현빈이가 제 엄마를 위해 친구들과 청소를 해놓은 거. 아직 철부지로만 알았는데 그렇게 생각이 깊다니."

유리는 라라와 동시에 고개를 끄덕였다. 그러면서도 미안했다. 집안이 어지럽고 냄새가 풍기는 건 다름 아닌 둘이서 시도 때도 없이 똥을 싸재낀 때문이었다.

"그런데 어쩌니. 빨리 너희들이 지낼 수 있는 집을 알아보아야 하는데 그게 쉽지가 않구나."

그러나 유리는 얼마 전부터 조금씩 생각을 굳히고 있었다. 아주머니가 둘이 살 집을 구하지 못해 청계천으로 보낸다 하더라도 따르겠다고. 지난 여름 소년이 자전거를 태워주었을 때 둘을 닮은 오리들이 청계천에 살고 있는 것을 본 적이 있었다. 그러므로 자신과 라라도 청계천에서 살지 못할 이유가 없었다. 더구나 청계천은 철새들도 겨울을 나기 위해 모이는 곳이었다. 그렇다면 둘도 충분히 거기서 지낼 수 있었다. 그리고 거기서 일 년을 보내고 나면 다시 소년을 만나게 될 것이었다.

"그리고 말이다. 내가 몸이 좀 좋지 않아. 라라도 지난번에 그랬지. 아무 이유도 없이 아팠잖아. 아줌마도 그래. 의사 선생님은 계속 상태를 지켜보자며 미국 가는 걸 말리셔. 아줌마가 의사 선생님 말씀 어길 순 없잖아. 그러다보니 너희들에게도 소홀해지고……. 하루 빨리 너희들 갈 집을 찾아야 하는데……."

아주머니는 전보다 힘이 없어 보였다. 그런 아주머니가 자신과 라라 때문에 마음을 쓰는 걸 보면 유리의 마음은 더욱 아팠다.

그렇게 마음이 아플 때면 유리는 청계천 쪽으로 눈을

돌렸다. 베란다를 통해 바라보는 청계천변은 메마른 풍경이었다. 나무들은 앙상한 가지들을 그대로 드러냈고 무성했던 갈대숲도 그 자취만 남긴 채 황량해졌다.

아직 유리는 죽음을 잘 모르지만 겨울은 죽음처럼 쓸쓸했다. 하늘이 수시로 잿빛으로 바뀌었고 청계천엔 자주 얼음이 얼었다. 그리고 더러는 그 위로 눈이 내려 쌓였다.

유리는 눈 덮인 청계천에 앉아 있는 청둥오리떼 쪽으로 눈을 주었다. 그들은 상공을 날아올랐다 내려앉았다 하기를 반복하고 있었다. 그들을 보고 있자니 뭔가 가슴이 꽉 막히고 답답한 느낌이 들었다.

그러던 어느 날 밤 유리는 꿈을 꾸었다. 자신이 높은 상공을 멋있게 날아다니는 꿈이었다.

13. 청계천에 버려지다

겨울이 끝났다. 겨울이 끝날 무렵, 청계천을 가득 메우고 있던 철새들이 떠났다.

그리고 봄이 왔다. 그러나 아주머니는 봄이 왔는데도 미국으로 떠나지 않았다. 여전히 아팠기 때문이었다.

유리와 라라도 아주머니처럼 떠나지 못했다. 아주머니가 둘을 맡아줄 사람을 찾지 못했던 것이다. 둘이 아파트를 떠나게 된 건 다른 이유에서였다.

새 학기 개학을 한 소년이 학교에 간 오전이었다. 경비실에서 경비원 아저씨가 올라왔다.

"사모님. 죄송합니다. 이웃에서 민원이 들어와서…….

진작에 말씀드려야 했는데.”

경비원 아저씨가 머리를 긁적이며 아주머니에게 연신 허리를 숙였다.

“아녜요. 우리가 몰래 키우고 있었던 거니까요. 하지만 며칠만 경비실에라도 좀 둘 수 없을까요? 그동안 걔들 보낼 데 알아볼 테니까요.”

“그러겠습니다. 하지만 거기도 오래 두진 못합니다. 우리가 업무 때문에 늘 돌볼 수가 없어서…….”

그 길로 유리와 라라는 철사우리에 담긴 채 아파트 경비실로 옮겨졌다.

유리와 라라가 경비실로 옮겨지자 소년은 학교가 파하면 몇 번씩 모이와 상추를 가지고 와서 놀다가 갔다. 하지만 그것도 단지 며칠이었다. 아주머니는 끝내 둘을 맡아줄 사람을 찾지 못했다.

하루는 아저씨와 아주머니가 경비실로 왔다.

“이젠 그만 보내야 할 때가 된 게 아닐까? 너무 늦으면 얘들이 자연에 적응하기가 힘들 거야.”

아저씨가 철사 우리에 갇혀 있는 유리와 라라를 내려다보며 안타까운 표정으로 말했다. 아마도 둘을 청계천으로 보내려는 것 같았다. 아주머니는 아무 말도 못하고 슬픈 표정만 짓고 있었다.

다음날 오전이었다. 아주머니가 다시 경비실로 왔다.

"유리야. 그리고 라라야. 그동안 잘 자라줘서 고마워. 이젠 너희들을 보내야 할 것 같구나."

아주머니는 유리와 라라와 눈을 맞추고는 둘의 목덜미를 쓰다듬으며 떨리는 소리로 말했다. 유리는 마침내 그 순간이 왔음을 깨달았다.

"그러나 슬퍼하지 마라. 너희들이 가는 곳은 너희들이 살아야 할 세상이고 또 더 큰 세상이야. 지금은 잠시 슬프고 힘들겠지만 나중엔 그곳이 더 나은 세상이라는 것을 알게 될 거야."

아주머니의 목소리는 라라가 자주 그랬던 것처럼 촉촉이 젖어 있었다. 잠시 후 아주머니가 유리와 라라와 한쪽 발에 노란 테이프를 감았다.

"너희들이 그곳에서 지내면 현빈이랑 아저씨랑 내가 자주 보러 갈게. 그때 너희들을 찾기 쉽게 하려고 이걸 붙이는 거란다."

그리고 아주머니는 경비원 아저씨와 함께 유리와 라라를 따로따로 보자기로 감싸 묶었다. 아마 날개를 파득거리는 걸 막기 위해서인 것 같았다.

아주머니와 경비원 아저씨는 둘을 나눠 안고 아파트 마당을 걸어 나왔다. 그리고 신호등이 있는 건널목을 건너고 계단을 내려와 청계천변에 멈춰 섰다. 그때 청계천을 관리하는 아저씨가 다가왔다.

"아주머니, 그게 뭡니까?"

"오린데요."

아주머니가 약간 겁먹은 얼굴로 대답했다.

"오리요?"

"예, 집에서 키우던 건데 물에 띄워 보내려고요."

그러자 관리원 아저씨가 가까이 와서 아주머니와 경비원 아저씨 품에 안겨 있는 유리와 라라를 들여다보았다.

"어, 청둥오리하고 집오리네. 이걸 집에서 어떻게 키우셨어요?"

"그, 그냥……."

아주머니는 우물쭈물하다가

"얘들 여기 물에 띄워도 되죠?"

하고 물었다.

"그럼요. 저쪽에도 비슷한 놈들이 있으니까요. 자, 줘 보세요."

관리원 아저씨는 아주머니 품에 안겨 있는 유리를 먼

저 받아들고 물 위에 띄웠다. 이어 라라도 유리 옆으로 보냈다.

"보세요. 잘 뜨죠?"

관리원 아저씨가 아주머니와 경비원 아저씨를 보며 말했다.

"그러네요……."

대답을 하면서도 아주머니는 말끝을 흐렸다.

"애들아! 저쪽으로 가거라!"

관리원 아저씨가 유리와 라라더러 빨리 가라는 듯 두 팔을 휘저었다.

유리와 라라는 한 번 더 아주머니의 얼굴을 보기 위해 고개를 쳐들었다. 아주머니는 거의 울상이었다. 유리는 더 이상 아주머니의 얼굴을 쳐다볼 수 없어 얼른 고개를 돌렸다.

"자, 어서 저리로!"

관리원 아저씨가 다시 팔을 휘저으며 둘을 재촉했다.

이윽고 유리는 크게 한번 숨을 쉰 후 발을 구르기 시작했다. 슬픔을 감추려는지 라라가 유리를 앞질러갔다. 헤엄을 치며 앞으로 나아가는 동안 물가에 있던 오리 서너 마리가 둘을 보며 소리쳤다.

"얘들아! 어디 가는 거야?"

그러나 유리는 대답하지 않고 라라와 함께 곧장 앞으로 나아갔다. 대답할 기분이 아니었다.

얼마를 헤엄쳐 갔을까. 아주머니의 학교와 소년의 학교가 보였다. 아직 힘이 남아 있었으므로 둘은 계속 앞으로 나아갔다. 잠시 후 커다란 돌다리가 나타났다. 둘은 다리 밑을 통과해 마침내 청계천이 끝나는 지점에 이르렀다. 작년에 소년의 자전거를 타고 와본 곳이었다.

유리와 라라는 물에서 나와 나란히 앉았다.

"이제 어떡해?"

라라가 불안한 목소리로 물었다.

"글쎄."

유리도 어떻게 해야 할지 뚜렷한 생각을 갖고 있지 않았다. 청계천 끝자락은 둘이 알고 있는 세상의 마지막 지점이었다. 당연히 그 너머의 세상은 가본 바도 없고 알지도 못했다.

"계속 가야 돼?"

라라의 물음에 유리는 대답하지 못했다.

"우리 돌아가면 안 돼?"

라라가 약간 겁먹은 표정으로 다시 물었다.

"어디로?"

"아까 걔들 있는 곳으로 가."

걔들이란 둘이 떠나온 아파트 근처 청계천변의 오리들을 말하는 것이었다.

"그래. 그럼 그러자."

유리는 라라의 생각에 따르기로 했다. 아직 청계천을 벗어난 낯선 세상 속으로 나아갈 용기가 없었던 것이다.

둘은 오던 길을 다시 거슬러 올라갔다. 몸과 마음이 지친 탓인지 움직이기가 쉽지 않았다. 물에서 헤엄을 치기도 하고 물 밖으로 나와 걷기도 하면서 다리를 지나고 아주머니와 소년의 학교를 지나 아파트 근처 천변에 이르렀다.

천변으로 올라섰을 때 아까 보았던 오리들이 보였다. 청둥오리 한 마리와 흰 오리 두 마리였다.

유리와 라라가 잠시 걸음을 멈추자 청계천 청둥오리 다가왔다.

"어디 갔다 오는 거니?"

유리는 대답하지 않았다. 그러자 청계천 청둥오리가 다시 물었다.

"너희들 어디서 온 거니?"

유리는 그 물음에도 대답할 수 없었다.

"너희들 사람들이 집에서 키우던 오리구나."

유리가 대답하지 않았는데도 청계천 청둥오리는 이미 알고 있다는 듯이 말했다.

"너는?"

"난 다른 데서 왔어."

"다른 데?"

"오리농장. 수백, 수천 마리의 오리들을 키우는 곳이지."

"그런데 왜 이곳으로 왔지?"

"우린 도망쳤어."

청계천 청둥오리는 뒤에 서 있는 흰 오리들을 돌아다보며 말했다.

"도망쳐? 왜?"

"거긴 우리가 크면 잡아먹히는 곳이야. 음식점도 같이 하거든. 더러는 다른 음식점에 팔려나가기도 하고."

청계천 청둥오리의 애긴 지난번 소년의 친구 삼짱한테서 들은 것이었다.

"그럼 여기 온 지는 얼마나 됐어?"

"지난 봄에 왔어. 그러니까 나는 너희들보다 조금 더

먼저 태어났지."

청계천 청둥오리는 살짝 목을 돌리며 눈에 힘을 주었다.

"여긴 어때? 살 만해?"

"좋아. 오리농장보다 넓고, 배고프면 물고기도 얼마든지 잡아먹을 수 있으니까."

"춥지 않아, 겨울에?"

"우린 털이 있잖아. 충분히 견딜 수 있어. 그래서 청둥오리들도 먼 데서 이곳으로 날아와서 겨울을 보내는 거야."

유리는 지난 겨울 베란다에서 보았던 하늘을 나는 청둥오리들을 떠올렸다.

"그런데 왜 그 청둥오리들을 안 따라갔지?"

"난 날 수가 없어. 너도 그렇잖아?"

"왜 날 수가 없지?"

"모르겠어, 그건. 하지만 여기도 좋아."

청계천 청둥오리는 약간 시무룩한 얼굴이 되었다가 다시 표정을 고쳤다.

"그럼 앞으로도 계속 여기서 살 거야?"

"물론. 여기보다 더 살기 좋은 곳은 없어. 너희들도 살아보면 내 말이 맞다는 것을 알게 될 거야."

유리는 천천히 고개를 끄덕였다. 그러자 청계천 청둥오리는 선심을 쓰듯 말했다.

"보다시피 여긴 무지 넓어. 너희 둘이 와서 살아도 될 만큼. 사실 나도 내 밑에 부하가 있었으면 싶고. 오리는 오리끼리 살아야 해. 잘 생각해 봐."

유리가 더 이상 대꾸하지 않자 청계천 청둥오리는 흰 오리들 쪽으로 물러났다.

지금으로선 청둥오리의 말대로 청계천에서 살 수밖에 없었다. 그리고 그게 어쩌면 아저씨가 말했던 오리의 행복한 생활일지도 몰랐다. 하지만 유리는 썩 내키지가 않았다.

유리와 라라는 햇살이 따사롭게 내리쬐는 풀밭에 앉아 청계천을 바라보았다. 청계천 양 옆 산책로에는 사람들이 분주히 오가고 있었다. 얼마 전까지만 해도 아파트 베란다 유리창을 통해 보던 먼 풍경이 바로 눈앞에 펼쳐져 있다는 사실이 둘의 처지를 다시 한 번 생각하게 했다.

"소년 안 보고 싶어?"

라라가 물었다.

"보고 싶어."

소년은 둘을 아파트로 데려오고 가장 많은 시간을 함

께 했다.

“우리 소년 한번만 보고 오면 안 될까? 지금쯤 학교에서 돌아와 우리가 없어진 걸 알고 저 위쪽에 나와 있을지도 몰라.”

“글쎄…….”

사실 말은 안 했지만 유리도 그러고 싶었다.

둘은 물로 들어가 헤엄을 쳐 청계천을 거슬러 올라갔다. 그리고 잠시 후 아파트가 마주보이는 곳에 다다랐다.

다시 천변에 올라서서 유리와 라라는 길 건너편 아파트를 바라보았다. 조금 먼 거리였지만 아파트 주방은 바로 눈앞에 있는 것처럼 훤히 보였다. 둘은 눈이 좋았다.

얼마나 지났을까. 놀라운 일이 일어났다. 주방 창문으로 아주머니의 모습이 보였던 것이다. 아주머니는 유리와 라라가 있는 쪽을 향해 무엇을 찾는 듯이 살피고 있었다. 둘은 아주머니와 눈을 맞추려고 주방 창문 쪽으로 시선을 고정시켰다. 그리고 마침내 아주머니와 둘의 시선이 마주쳤다.

아주머니가 유리와 라라를 보았다. 그리고 유리와 라라는 둘을 찾는 아주머니의 눈을 보았다.

믿기지 않는 일은 연달아 일어났다. 잠시 후 아주머니

와 소년이 아파트 마당을 걸어 나와 길을 건너오고 있었던 것이다.

아주머니는 아까 그랬던 것처럼 소년과 함께 다시 유리와 라라를 보자기로 감싸 안으며 울먹였다.

"라라야, 유리야. 얼마나 놀랐니. 너희들을 그렇게 보내는 게 아닌데……. 내가 생각이 짧았던 것 같다."

그리고 아파트 경비실로 가서 경비원 아저씨에게 말했다.

"며칠만 더 봐 주세요. 한 군데 알아볼 데가 더 있어요."

14. 이별

토요일 아침이었다.

소년과 아저씨가 아주머니와 함께 경비실로 왔다. 그리고 유리와 라라를 철사 우리에 넣은 채로 자동차 뒷좌석에 실었다.

"조심해서 다녀오세요."

아저씨와 소년이 차에 타자 아주머니가 고개를 숙이며 아저씨에게 당부를 했다. 그리고 유리와 라라에게도 인사를 했다.

"잘 가라. 유리야, 라라야. 너희가 가는 곳은 우리집이나 이곳보다 더 좋은 곳이란다. 산도 있고 바다도 있고 공기도 맑은 그런 곳이니까. 아줌마도 자주 너희들 보러 갈게."

유리와 라라를 보는 아주머니는 금방이라도 울 듯한 얼굴이었다. 둘은 아주머니를 안심시키려고 힘차게 고개를 끄덕였다.

차가 아파트를 빠져나오자 소년이 몸을 뒤로 돌려 유리와 라라에게 말했다.

"지금 우리가 가는 곳은 서해안이야. 엄마 학교에서 올해 그곳에 청소년수련원을 지었거든. 관리소장님께 말씀 드렸더니 너희들을 데리고 오라고 하셨대. 너희들 살 집도 만들어 놓겠다고 하시면서."

아저씨와 아주머니는 둘을 청계천으로 내보내는 것보다 그곳으로 옮기는 게 나을 거라고 생각한 듯했다. 그러나 유리는 아저씨와 아주머니의 결정이 잘 된 건지 아닌지 판단이 서지 않았다. 언제까지 사람들의 보살핌을 받을 순 없는 일이라면 언젠가는 스스로의 힘으로 살아가야 한다는 생각이 문득 들었던 것이다.

아저씨의 차는 곧바로 시내를 통과해 이윽고 고속도로를 달렸다. 차창으로 빠르게 지나가는 바깥 풍경을 보면서 유리는 자신과 라라가 이제 다시 돌아갈 수 없을 만큼 멀리 가고 있음을 느꼈다. 차는 중간에 휴게소에 잠시 들렀다가 다시 한참을 달려 이윽고 청소년수련원에 도착했다.

청소년수련원은 꽤 큰 건물이었다. 수련원 뒷마당에 차를 세운 아저씨는 소년과 함께 유리와 라라가 들어 있는 철사우리를 뒷좌석에서 꺼내 건물 담벼락 앞에 내려놓았다. 그때 늙수그레한 사람이 건물 안에서 달려 나와 아저씨를 맞았다.

"어서 오세요, 국장님. 얘들 싣고 온다고 애쓰셨네요."

"안녕하세요, 관리소장님."

"그런데 황 교수님은 안 오셨습니까?"

관리소장님이 주위를 두리번거리며 물었다.

"예. 집사람은 몸이 좀 불편해서요. 이쪽은 제 아이입니다."

그러자 소년이 관리소장님에게 꾸벅 인사를 했다.

"김현빈이에요."

"그래. 참 똘똘하게 생겼네. 여긴 청소년들이 수련하는 곳이니까 자주 놀러오너라. 오리들도 볼 겸."

"예, 그럴게요."

소년의 대답에 관리소장님은 흡족한 표정을 짓더니

"허, 고놈들! 예쁘게 생겼네!"

유리와 라라를 보며 껄껄 웃었다.

"검은 녀석은 유리고 흰 녀석은 라라입니다."

"라라와 유리라. 이름도 멋지네요."

"그런가요."

"자, 안으로 들어가 차라도 한잔 드시지요."

"고맙습니다."

아저씨가 관리소장님을 따라 건물 안으로 향하며 소년을 불렀다.

"아빠! 난 그냥 여기 있을게."

그리고 소년은 유리와 라라가 들어 있는 철사우리 앞으로 다가와 쪼그리고 앉았다.

"잘 들어. 아까 그 분이 관리소장님이야. 앞으로 너희들을 보살펴줄 분이지. 그러니까 소장님 말씀 잘 들어야 해. 엄마 얘기론, 수련원을 지키느라 서울에 있는 가족들과 떨어져 혼자 지내고 계신대."

소년은 유리와 라라가 알아듣지 못할까봐 열심히 설명했다.

'걱정 마. 우리도 이젠 어리지 않거든. 우린 오리지만 어엿한 어른이라구.'

유리는 알았다는 듯 목을 꼿꼿이 세우고 두 눈을 깜빡였다.

"그리고 유리는 기사도 정신을 발휘해서 라라를 잘 보살펴줘야 해."

'어련히 알아서 하려구. 라라와 난 남이 아니야. 함께 알을 낳는 사이잖아.'

그러나 그런 말을 하는 소년은 전보다 훨씬 의젓해 보였다. 라라는 헤어지는 슬픔을 가누기 힘든지 줄곧 한쪽으로 고개를 돌리고 있었다.

잠시 후 아저씨와 관리소장님이 건물에서 나왔다.

"소장님. 앞으로 얘들 때문에 수고가 많으시겠습니다."

"천만에요. 그렇잖아도 혼자 지내느라 적적했는데 잘됐습니다."

아저씨가 인사를 하자 관리소장님이 손을 내저었다.

"얘들아! 잘 있어. 또 올게. 유리! 잘 부탁해!"

소년은 일어서서 차마 발걸음이 떨어지지 않는 듯 한참을 그 자리에 서서 유리와 라라를 내려다보다가 돌아섰다. 그 순간 라라가 쿡, 하며 울음을 터트렸다.

15. 날기에 실패하다

수련원에서의 생활은 유리와 라라에게 새로운 시작이었다. 태어나서 지금까지 둘의 생활은 소년의 아파트에서 지냈던 게 거의 전부였다. 그러나 수련원으로 옮겨온 후로 둘은 전과는 다른 생활을 하게 되었다.

수련원은 바닷가의 언덕 위에 세워져 있었다. 수련원 건물 뒤편은 산이었고 앞으로는 바다로 난 비탈길은 바다로 향했다. 유리와 라라는 수련원 건물 옥상에서 지내게 되었다. 수련원 앞쪽은 주차장이었고 뒤쪽 산에선 가끔 밤에 삵(살쾡이)이 내려와 위험했기 때문이었다.

수련원엔 관리소장님을 비롯해 청소년지도사 두 명과

전기기사, 보일러 기사 그리고 경리아가씨와 경비원 등 여러 명의 직원이 있었다. 그리고 식당 아줌마, 청소 아줌마들도 함께 일을 했다.

유리는 라라와 함께 하루 종일 옥상에서 시간을 보냈다. 옥상은 상당히 넓어서 둘이서 마음껏 뛰놀 수 있었고 또 수련원이 높은 곳에 위치해 있어서 바다가 잘 내려다보였다. 바다를 실제로 보니 정말 TV에서 보던 것보다 훨씬 멋졌다. 특히 노을이 지는 저녁 바다는 뭐라 말할 수 없이 아름다웠다.

아저씨가 말했던 자연이란 게 저런 걸까.

수련원 옥상에 서 있으면 코끝으로 스치는 공기도 다르고 바람도 달랐다. 아저씨가 원했던 것처럼 완전한 자연 속에서 살고 있진 않지만 그래도 자연과 가까이 하며 살게 되었다는 사실은 둘에게 나쁘지 않았다.

관리소장님은 매일같이 새벽에 일어나 바닷가를 산책한 후 옥상으로 올라왔다. 그리고 알을 낳고 앉아 있는 라라를 보며 혀를 내두르곤 했다.

"거참, 신통하고 기특하네."

그럴 때쯤이면 어김없이 경리 미스 김이 나타났다. 출근하자마자 유리와 라라에게 줄 먹이를 챙겨 올라오는

것이었다.

가족들과 떨어져 사는 관리소장님은 마치 자식을 얻은 것처럼 유리와 라라를 아껴주었다. 그래서 점심과 저녁을 주러 다른 직원들을 번갈아 올려 보냈고 혹시라도 둘에게 이상이 생길까봐 살펴보게 했다. 둘은 모든 직원들의 따뜻한 보살핌과 관심 속에서, 서울 아파트에서 그랬던 것처럼 하루하루를 편안하게 보냈다.

그러나 옥상에서의 생활이 계속되면서 유리와 라라는 조금씩 지루해지기 시작했다. 둘이 생활하는 옥상은 넓은 공간이었지만 아래로 내려갈 수 없었고 또 이야기를 나눌 상대도 없었다.

수련원엔 수시로 학생들이 와서 묵었다. 초등학생, 중학생, 고등학생 더러는 대학생들도 단체로 와서 수련원은 늘 분주했다. 그러다 보니 둘에게 밥을 주기 위해 옥상으로 올라오는 직원들도 오래 머무를 수가 없었다. 라라가 소년과 아주머니 얘기를 꺼낸 것도 그 무렵이었다.

"유리는 식구들 생각 안 나?"

"가끔. 그런데 왜?"

"보고 싶어."

"그렇지만 이젠 갈 수 없잖아. 너무 멀리 와서……."

"그래도 보고 싶어."

"하지만 라라. 이젠 그곳 생각은 버려야 해. 어차피 다시 갈 수 없는 곳이라면."

유리는 라라의 마음을 이해했다. 그렇지만 둘은 이미 새로운 생활을 하고 있었다. 그리고 지금의 생활도 앞으로 또 어떻게 바뀔지 알 수 없었다. 그러므로 언제까지나 그곳을 그리워할 수만은 없는 일이었다. 그리고 어쩌면 소년과 아주머니도 미국으로 떠나고 없을지도 몰랐다.

그보다 유리는 다른 생각을 하고 있었다. 옥상에서의 생활이 계속되면서 아래로 내려가고 싶어졌던 것이다. 그래서 가끔 옥상 난간 위에 올라가 바닥으로 뛰어내리는 연습을 했다. 난간은 별로 높지 않아 위험하지 않았고 바닥으로 뛰어내리는 것도 쉬웠다. 그리고 그것은 소년과 함께 살 때 학원 신발장에서 뛰어내렸던 것과도 비슷했다.

난간 뛰어내리기가 어느 정도 익숙해지자 유리는 옥상 한켠에 있는 창고 지붕으로 올라갔다. 창고지붕은 바닥에서 꽤 높았지만 옥상 난간을 디딤돌 삼아 뛰어오르면 겨우 올라갈 수 있었다. 유리는 라라의 걱정에도 불구하고 창고 지붕으로 올라가 옥상 바닥으로 뛰어내렸다.

예상했던 대로 바닥으로 뛰어내리기도 어렵지 않았다. 창고 지붕을 떠난 몸은 사뿐히 바닥으로 내려앉았다. 그때의 기분은 상쾌하기 그지없었다. 뛰어내리는 동안 날개를 펼치자 떨어지는 속도가 줄어들어서인지 그다지 위험한 것 같지도 않았다. 유리는 창고지붕에서 옥상 바닥으로 뛰어내리기를 수도 없이 반복했다. 그리고 마침내 다음 목표를 정했다.

며칠 후 새벽이었다. 유리가 자신의 생각을 말하자 라라는 거의 울상이 되어 소리쳤다.

"미쳤어?"

"괜찮아. 자신 있어. 걱정하지 마."

유리가 정한 다음 목표는 객실 베란다였다. 수련원 건물은 3층으로 되어 있었다. 그리고 각층의 객실에는 건물 뒤편 바깥으로 베란다가 설치되어 있었다. 유리의 목표는 옥상에서 3층 베란다로, 그리고 다시 아래층 옆 베란다로 뛰어내리는 것이었다. 그렇게 세 번만 뛰어내리면 땅으로 내려설 수가 있었다. 그리고 그것은 충분히 가능할 것 같았다.

유리가 그렇게 하려는 것은 단순히 땅을 밟아보기 위해서가 아니라 잠시나마 날아보고 싶었기 때문이었다.

그것은 유리의 맘 속에 고이 간직하고 있던 소망이었다. 그리고 앞으로 살아가는 동안 필요할지도 모를 용기와 능력을 확인하는 일이기도 했다.

혹시라도 잘못되지는 않을까 싶기도 했지만 베란다로 뛰어내리기는 생각보다 간단했다. 이미 옥상에서 뛰어내리기 연습을 수도 없이 했던 덕분일 수도 있었다.

무사히 땅에 내린 후 유리는 옥상 난간 위에서 숨을 죽이고 내려다보고 있던 라라를 향해 목을 으쓱하며 두 날개를 살짝 펴 보였다. 그제야 라라도 고개를 끄덕였다.

그러나 그 다음부터가 문제였다. 옥상에서 내려오는 것은 그런대로 해냈지만 올라가는 건 쉬운 일이 아니었다. 그러자면 일단 건물 안으로 들어가서 계단을 올라야 하고 또 마지막층의 옥상 계단까지 올라가선 철문을 열어야 했다.

유리는 건물 앞으로 돌아가 열려 있는 현관문을 통과했다. 그리고 현관 로비의 경비원 할아버지의 눈을 피해 계단 쪽으로 달렸다. 옥상까지는 계단을 걸어서 한참을 올라가야 했다.

그러나 유리가 할 수 있는 것은 거기까지였다. 옥상으로 통하는 철문이 닫혀 있었던 것이다. 하는 수 없이 유리는 기다려야 했다. 얼마나 시간이 지났을까.

아침 식사를 준비해가지고 올라온 경리 미스 김이 옥상 출입구에 서 있는 유리를 발견하고 깜짝 놀라 소리쳤다.

"유리야, 너 왜 여기 있니?"

그리고는 철문을 열며 중얼거렸다.

"어떻게 된 거지?"

미스 김은 유리와 라라에게 밥을 주며 뭔가 미심쩍은 듯 고개를 갸웃거렸다. 그때 관리소장님이 올라왔다.

"미스 김! 일찍 나왔네."

"예, 소장님. 그런데 오늘 처음 올라오시는 거예요?"

"응. 산책 갔다가 곧바로 올라오는 길이야."

"그래요?"

"왜, 무슨 일이 있어?"

"유리가 옥상 출입구 계단에 있었어요."

"어떻게 그런 일이 있을 수 있어?"

"그러게요."

"혹시 어제 저녁에 다른 직원이 밥 주러 왔다가 깜빡 잊고 문을 열어두고 간 건 아닌가?"

"문은 닫혀 있었는데요?"

"그렇다면 정말 이상한데? 아무튼 다른 직원들한테

한번 물어보지."

관리소장님도 이해할 수 없다는 표정을 지었다.

관리소장님과 미스 김이 내려가자 라라가 유리에게 다가와 걱정스런 얼굴로 말했다.

"다신 그러지 마. 들키면 어쩌려고."

"알았어."

그러나 대답은 그렇게 하면서도 유리는 품고 있던 생각을 쉽사리 버리지 못했다.

객실 베란다를 통해 땅으로 내려서는 일은 일단 성공했지만 그것으로 유리의 마음이 썩 흡족해진 건 아니었다. 중요한 것은 비록 지난 겨울 청계천에서 보았던 청둥오리처럼은 아니더라도 자신이 과연 얼마만큼 날을 수 있느냐 하는 것이었다.

유리는 또 한번 뛰어내려보고 싶었다. 그것도 전번과 조금 다른 방식으로. 그리고 시험해 보고 싶었다. 자신의 능력이 어디까지인가를. 그런 생각을 하자 하루 종일 날개 쪽의 어깨가 근질거렸다.

이튿날 새벽 같은 시각. 유리는 다시 옥상 난간으로 올라섰다. 그런 유리를 보며 라라는 겁에 질린 표정으로 안절부절 못했다. 유리는 고개를 돌려 싱긋 웃으며 라라를 안심시켰다.

"걱정 마. 자신 있어."

유리는 아래를 내려다보며 심호흡을 했다. 3번만 뛰어내리면 되는 건물의 뒤편은 시멘트로 된 주차장인 앞편과 달리 흙으로 된 화단이었고 키 작은 나무들도 심어져 있었다. 그리고 화단 앞으로 난 좁은 아스팔트길 너머로는 산자락이 펼쳐져 있었다. 유리의 목표는 어제처럼 두 번 객실 베란다를 거치지 않고 곧바로 그 산자락에 도달하는 것이었다. 조금 위험할지는 모르겠지만 어쩌면 가능할 것도 같았다.

유리는 두 다리에 힘을 주고 세차게 옥상 난간을 박차며 공중으로 몸을 던졌다. 그리고 공중으로 솟구쳤던 몸이 아래로 떨어지는 순간 날개를 펼쳤다. 그러자 떨어지는 속도가 줄었다. 예상했던 일이었다. 이어서 유리는 펼친 날개를 재빨리 휘저었다. 아래쪽으로 떨어지는 몸을 앞으로 나아가기 위해서였다.

그러나 떨어지는 속도는 웬만큼 줄었지만 기대했던 것보다 몸은 앞으로 많이 나아가지 않았다. 유리는 있는 힘을 다해 양 날개를 움직여 공기를 뒤로 밀어냈다. 그리고 몸을 앞으로 뻗었다. 하지만 몸은 앞으로 나아가지 않고 아래쪽으로만 내려갔다. 자신이 생각했던 것 이상으로 몸이 무거웠기 때문인지도 몰랐다. 유리는 재빨리 몸을 옆으로 틀었다. 그렇지 않으면 아스팔트길로 추락할 가능성이 있었기 때문이었다. 이윽고 유리의 몸은 화단 가장자리 나뭇가지에 걸렸다가 흙으로 된 지면으로 떨어졌다.

화단에 내려선 후 유리는 잠시 자신의 몸을 둘러보았다. 잎이 무성한 나뭇가지에 걸릴 때 날개털이 조금 빠지기는 했지만 크게 다친 데는 없는 것 같았다. 다행이었다. 만약 중간에 방향을 틀지 않았다면 아스팔트길로 떨어져 몸 어딘가가 크게 다쳤을 수도 있었다. 그렇지만 공중에서 내려올 때 몸이 앞으로 나아가지 않은 사실은 아쉽고 실망스러웠다.

그보다 문제는 다시 옥상으로 몰래 올라가는 일이었다. 유리는 주위를 살피며 어제처럼 현관을 통과하기 위해 건물 모퉁이를 돌았다. 그런데 아뿔싸. 현관 앞에 경비원 할아버지와 교대로 근무하는 경비원 아저씨가 서 있었던 것이다.

경비원 아저씨는 현관을 향해 살금살금 걸어오는 유리를 발견하곤 곧장 다가와 대뜸 목덜미를 움켜쥐었다.

"요 녀석 봐라? 내가 모를 줄 알았지?"

유리는 경비원 아저씨의 두 팔에 안긴 채 내려달라고 꽥꽥 소리를 질렀다. 그때 현관 안에서 관리소장님이 나타났다.

"어떻게 된 거야?"

"아, 글쎄. 요 녀석이 겁도 없이 옥상에서 뛰어내리지 않겠어요?"

"옥상에서? 그게 정말이야?"

관리소장님은 차마 믿기지 않는다는 듯이 두 눈을 치켜떴다.

"예, 어제 지시하신 대로 날이 밝기 전부터 CCTV를 보고 있는데 이 녀석이 난간에 올라가더니 아래로 뛰어내리지 뭡니까."

"세상에! 그래, 다친 데는 없고?"

"예, 다행히 다친 데는 없는 것 같습니다만……."

일층 로비의 경비원 아저씨가 근무하는 곳엔 수련원 건물 안팎을 감시하는 화면이 설치되어 있었다.

"거 참. 별난 녀석을 다 보겠네. 도대체 무슨 생각으로 그랬을까?"

"글쎄요. 하지만 오리가 뭐 생각이 있겠습니까."

"그러게. 그나저나 어떡하지. 내일도 또 그러면?"

"아무래도 가둬놓아야겠습니다."

그동안 유리와 라라는 옥상 한쪽에 설치된 개집에서 잠을 잤었다. 그리고 낮 시간엔 줄곧 넓은 옥상을 활보하며 지냈다. 개집엔 문이 없었던 것이다.

"그러려면 아예 밑에다 내려놓지?"

"그러겠습니다."

16. 다시 소년을 만나다

옥상에서 날기를 실패한 후 유리는 라라와 함께 수련원 건물 뒤편 산자락으로 옮겨졌다.

뒷일을 생각하지 않고 저지른 행동이었지만 그 때문에 치르게 된 대가는 엄청났다. 전에 아파트에서 살 때 아주머니가 마련해 주었던 철사우리보다 더 크고 튼튼한 철제우리에 갇히게 되었던 것이다. 뿐만 아니라 밖으로는 전혀 나갈 수가 없었다. 따라서 비록 자연 속에서 살게 되긴 했지만 밤낮으로 줄곧 철제우리 속에서만 갇혀 지내게 되어 그 답답함이란 이루 말할 수 없었다.

게다가 낮엔 가끔씩 수련활동에 참가한 초등학생들이

둘을 구경하러 와서 재잘재잘 떠들어댔다. 그러나 그들에게 신기하게 보일지 모르겠지만 둘은 구경거리가 아니었다. 그래서 그들 앞으로 다가가지 않고 하루 내내 우리 한쪽에 웅크리고 앉아만 있었다.

"거 참."

유리와 라라가 계속 철제우리 한쪽에 쭈그리고 앉아만 있자 관리소장님은 걱정이 되는 모양인지 둘을 볼 때마다 복잡한 표정을 지었다.

하루에 몇 번씩 미스 김이나 다른 직원들이 와서 밥을 주었다. 그럴 때면 유리는 소리를 질렀다.

'다시 옥상으로 보내주세요. 이젠 절대로 뛰어내리지 않을게요.'

그러나 유리의 말을 못 알아듣는지 모두들 둘에게 무심했다. 자연히 유리는 전에 살던 아파트가 그리워졌다. 아파트에선 낮엔 베란다와 거실에서 마음껏 뛰놀 수 있었다. 그리고 밤에도 자기 전까진 아저씨와 아주머니, 그리고 소년과 함께 놀며 심심치가 않았다. 아, 서울의 식구들은 어떻게 지내고 있을까. 혹시 아주머니와 소년은 미국으로 떠난 건 아닐까. 유리는 자주 소년과 아주머니, 그리고 아저씨를 떠올렸다.

한낮의 공기가 서서히 더워지고 나뭇잎들이 다시 푸르러지고 있었다. 그날도 유리와 라라는 고개를 처박고 철제우리 한쪽에 쭈그리고 앉아 있었다. 그러다가 문득 고개를 들었을 때였다. 놀랍게도 소년이 건물에서 나와 이쪽으로 다가오고 있었다.

소년을 보자 라라가 철망 앞으로 득달같이 다가가 날개를 퍼드득거렸다. 유리도 라라 뒤를 따라갔다.

"얘들아! 잘 있었니?"

'형! 보고 싶었어!'

그동안 철제우리 속에 갇혀 있었던 유리는 순식간에 서러움이 솟구쳤다. 자신도 그랬지만 라라는 아파트에서 살 때처럼 목욕도 샤워도 하지 못해 꼴이 말이 아니었던 것이다. 소년도 종일 갇혀 있어야 하는 유리와 라라가 불쌍해 보이는지 얼굴에 안타까움이 가득했다.

"그러니까 내가 말썽 피우지 말랬잖아."

아마도 소년은 관리소장님으로부터 유리가 옥상에서 뛰어내린 얘기를 들은 듯했다. 그러나 화난 것 같지는 않았다.

'미안해, 형.'

"오늘 우리 학교에서 이곳으로 수련회를 왔어. 조금

있으면 이짱과 삼짱도 올 거야."

그러나 무엇보다 유리가 궁금한 건 둘이 이리로 온 후로 한 번도 오지 않은 아주머니였다. 그런 유리의 마음을 알아차렸는지 소년이 말했다.

"엄마는 조금 아니 많이 아파……. 그래서 집에서 쉬고 있어. 그러면서도 너희들 잘 지내는지 늘 걱정을 해."

소년의 표정이 갑자기 어두워졌다. 덩달아 유리의 마음도 무거워졌다. 그때 관리소장님이 다가왔다.

"허어, 그 녀석들. 천지가 다 떠나가도록 떠드네. 다른 사람들은 가까이 가도 꿈쩍도 않더니. 거 참."

관리소장님은 소년을 반갑게 맞는 유리와 라라가 신통한지 연신 너털웃음을 웃었다.

"소장님! 얘들 정말 답답하겠어요."

"그렇잖아도 이따가 총장님이 내려오시니까 상의할 생각이다. 앞으로 큰 우리를 만들어 학생들 자연생태학습장을 꾸밀 예정이거든. 하지만 그건 시간이 좀 걸려. 그래서 그동안 얘들을 어떻게 할까 총장님께 의논드리려고 해. 그러니까 너무 걱정 말아라."

"예. 고마워요, 소장님."

소년은 관리소장님이 먼저 건물로 들어가고도 한참

있다가 돌아갔다.

오후에 관리소장님이 총장님이란 분과 다시 나타났다.

"역시 불편한 모양이군요. 힘이 없어 보이는 게?"

총장님이 둘을 내려다보며 딱하다는 표정을 지었다.

"그래도 아까 황인경 교수님 아이를 보고는 사방이 시끄럽게 꽥꽥거렸어요."

"허어, 얘들이 사람을 알아보는 모양이군요."

"그런데 총장님. 황 교수님이 많이 편찮으신가요? 지난번 바깥양반으로부터 몸이 안 좋다는 얘길 얼핏 들었는데……."

"예, 조금 안 좋은 모양입니다."

"무슨 병인데요?"

"글쎄요. 그냥 뇌가 단단해지고 있다는데……."

"뇌가 단단해져요?"

"그래서 뇌가 점점 작아진다고 해요."

"그, 그런 병도 있습니까?"

관리소장님이 놀란 얼굴로 물었다.

"일종의 희귀병 같아요. 그래서 걱정입니다."

"황 교수님 아이는 아직 모르고 있는 것 같던데요?"

"아직 어리니까 얘길 못했겠지요."

총장님이 심각한 표정을 지으며 한숨을 내쉬었다.

유리는 가슴이 철렁했다. 아무래도 아주머니는 큰 병에 걸린 것이 틀림없었다. 라라도 대충 알아챘는지 겁먹은 얼굴로 유리를 쳐다보았다.

"그리고 오리 얘긴데요, 총장님. 자연생태학습장을 지으려면 시간도 걸릴 테니까 그동안에라도 걔들 다른 곳에 보내는 건 어떨까 합니다만……."

"다른 곳에요? 혹시 적당한 곳이라도 있습니까?"

"예, 얼마 전에 새로 온 우리 경비원이 여기서 얼마 떨어지지 않은 농가주택에 살고 있습니다. 집에서 오리랑 닭을 키운답니다."

"그래요?"

"아마 걔들에겐 여기보다 나을 듯싶습니다."

"그렇담 잘 됐네요. 여기서 이렇게 불편하게 지내는 것보다 훨씬 낫겠네요."

"황 교수님껜 제가 말씀 드리겠습니다."

잠시 후 관리소장님과 총장님은 건물을 돌아 현관 쪽으로 걸어갔다.

"라라. 들었지?"

유리가 라라에게 물었다.

“응. 아주머니가 많이 아픈가봐. 어떡하면 좋아?”

라라의 두 눈엔 눈물이 그렁그렁 고여 있었다. 그러나 아주머니를 위해 둘이 할 수 있는 게 없었다.

“우리 매일 빌자. 아주머니 빨리 낫게 해달라고 말이야. 그러면 전에 라라가 아팠다가 나은 것처럼 아주머니도 나을지 몰라.”

“그럴게.”

유리는 라라가 아팠을 때 아주머니가 울음을 터트리던 모습을 떠올렸다. 그런 착하고 고마운 아주머니가 많이 아프다니.

“그런데 유리. 우린 다시 떠나야 하나봐.”

라라는 또 다른 낯선 곳에 가서 살아야하는 게 여전히 불안한 모양이었다.

“그런 것 같아. 하지만 난 이제 걱정 안 해.”

“정말?”

“우린 이미 여러 번 떠났어. 거리에서 아파트로. 아파트에서 청계천으로. 그리고 아파트에서 다시 이곳으로. 그래서 이젠 겁이 안 나. 그리고 겁을 안 낼 거야. 라라는 나만 믿어.”

그런 말을 하면서 유리는 스스로 놀랐다. 자신도 모르

는 용기가 언제부턴가 생긴 것 같았기 때문이었다. 그래서인지 정말 이젠 겁이 나지 않았다. 그보다 자신이 걱정되는 것은 소년이었다.

저녁에 소년이 이짱, 삼짱과 함께 우리로 왔다. 이짱과 삼짱은 물론 소년도 무척 밝은 얼굴이었다. 유리는 아주머니가 오랫동안 아픈데도 아무렇지도 않은 척하는 소년을 보면서 마음이 아팠다. 그리고 속으로 빌었다. 빨리 아주머니가 나아서 소년을 기쁘게 해 주기를.

소년은 다음날 오전에 이짱, 삼짱과 함께 다시 왔다.

"우리 곧 떠나야 해. 소장님 말씀이 너희들 여기보다 훨씬 좋은 곳으로 간대. 내가 방학하면 찾아갈게. 그동안 잘 지내고 있어."

유리가 자신 있게 고개를 끄덕이는 동안 라라는 또 쿡, 하고 울음을 터트렸다.

17. 시골에 살게 되다

수련원에는 두 명의 경비원이 있었다. 한 명은 지난번 유리가 옥상에서 뛰어내리는 걸 발견했던 뚱뚱한 아저씨였고 다른 한 명은 온 지 얼마 안 된 키 작은 할아버지였다. 유리와 라라가 가는 곳은 할아버지의 집이었다.

총장님이 다녀간 다음날 아침 유리와 라라는 수련원을 떠났다. 전날 근무를 마친 할아버지가 직접 운전하는 차 뒷좌석에 둘을 실었다.

차가 수련원을 빠져나올 때 유리는 뒷좌석에서 목을 빼고 뒤를 돌아다보았다. 수련원 사람들이 현관에 서서 둘이 떠나는 걸 지켜보고 있었다. 상냥한 미스 김, 친절

한 청소년지도사 아저씨들. 그리고 둘이 있어 덜 심심하게 되었다던 관리소장님. 모두가 고마운 사람들이어서 유리는 또 코끝이 시큰했다.

차는 곧 바닷가로 난 길을 돌아 한참을 달리다가 시골길로 접어들었다. 그리고 얼마를 달렸을까. 산골짜기 사이로 자그마한 동네가 나타났다. 할아버지는 동네 초입 언덕에 있는 하얀 집 앞에 차를 세웠다. 나무로 지은 하얀 집은 그림처럼 예뻤다.

차에서 내린 할아버지가 뒷문을 열었다.

"자, 여기가 너희들이 살 곳이다. 허어, 라라가 그새 알을 낳았네."

바깥을 내다보느라 유리도 모르고 있었는데 라라가 낳은 알이 뒷좌석 한쪽에 놓여 있었다.

"얘들이구나. 어서들 오너라."

현관에서 기다리고 있던 할머니가 차에서 내린 유리와 라라를 반갑게 맞았다. 현관 앞엔 목에 줄을 맨 바둑이가 앉아 있었다.

"안녕!"

그러나 강아지는 둘을 물끄러미 쳐다보기만 할 뿐 유리의 인사에 아무런 대꾸를 하지 않았다.

할아버지와 할머니는 유리와 라라를 데리고 마당 옆으로 갔다. 마당 옆엔 창고가 있고 그 뒤론 커다란 비닐하우스 두 채가 있었다. 비닐하우스 뒤론 비탈길이었고 그 아래로는 넓은 밭이 펼쳐져 있었다. 그리고 첫 번째 비닐하우스 안쪽 한켠에 수련원 옥상에 있던 것과 비슷한 모양의 나무집이 두 개 있었다. 아마 그 중 하나가 둘이 살 집인 듯했다.

"얘들아, 오느라고 힘들었지?"

할머니가 둘에게 밥을 가지고 왔다. 시골 할머니는 서울 아주머니처럼 마음씨가 좋은 분 같았다.

아침을 먹고 라라와 함께 밭 옆으로 난 길을 걷고 있는데 어디서 나타났는지 닭 두 마리와 흰 오리 세 마리가 모습을 드러냈다. 닭들은 유리와 라라를 발견하자 멈칫하고 그 자리에 섰다. 그러나 오리들은 잠시 주춤거리더니 곧장 둘 가까이 다가왔다. 아마 라라가 자기들과 비슷한 모습이어서 경계심이 엷어진 듯했다.

"너희들 누구니?"

흰 오리들 중 하나가 앞으로 나서며 물었다.

"난 유리. 그리고 이쪽은 라라."

"유리? 라라? 그게 뭔데?"

"그게 우리 이름이야."

"이름이라고?"

흰 오리는 얼떨떨한 표정을 짓다가 다시 물었다.

"너희들 어디서 왔니?"

"우린 서울서 왔어."

"서울? 서울이 어딘데?"

"여기서 멀리 떨어진 도시지."

"도시? 도시가 뭔데?"

흰 오리는 유리의 말이 전혀 이해가 안 되는 듯했다. 유리는 아차 싶었다. 그 애들은 시골오리였던 것이다. 그리고 시골서만 자랐다면 서울도 도시도 알 턱이 없었다.

"도시가 뭐냐 하면……. 이곳과 다른 곳이야. 자동차도 많고……."

"자동차는 나도 알아. 할아버지도 자동차가 있으니까."

"물론 그렇겠지. 하지만 자동차뿐만 아니라 큰 건물도 많고 사람도 많은 곳이지. 그리고 서울은 그런 도시 중에서도 가장 큰 곳이야."

"그래? 그럼 그 서울에 네가 살던 집이 있었다는 거야?"

"난 아파트에서 살았어."

"아파트?"

뒤에 있던 다른 오리가 한 발짝 앞으로 다가서며 물었다.

"아파트는 엄청 큰 건물인데 여러 집이 함께 들어 있어."

"그럼 비좁겠다."

"조금 그런 점이 있긴 하지만 대신 편리한 점도 많아. 그보다 너희들 몇 살이니?"

"몇 살? 그게 뭐야?"

맨 끝에 있는 오리가 눈을 크게 뜨며 물었다.

"그건 나이를 말하는 건데……. 너희들 봄, 여름, 가을 겨울을 몇 번씩 보았니?"

"그게 어떻게 되더라……. 응. 가을 한 번, 겨울도 한 번. 그리고 봄 한 번."

맨 앞에 있는 오리가 곰곰이 생각하더니 대답했다.

"지금이 여름이니까 그러면 너희들은 작년 가을에 태어났구나. 나는 작년 여름에 태어났는데."

"그럼 네가 우리보다 오빠네."

맨 앞의 오리가 약간 수줍은 표정으로 말했다.

"말하자면 그런 셈이지."

"그럼 같이 온 저 애는?"

중간에 서 있는 오리가 라라를 보며 물었다.

"응. 라라도 나와 똑 같아. 그러니까 너희들에겐 언니가 되지."

"그런데 왜 우리보다 몸이 작지?"

"그건 아마 아파트에서 살다보니 운동량이 부족했기 때문일 거야."

"그래. 아무튼 반가워, 유리오빠. 앞으론 우리 사이좋게 지내. 내가 이곳 얘기 들려줄 테니까 오빠도 서울 얘기 많이 들려줘."

맨 앞의 오리가 웃음이 담긴 눈으로 유리와 눈을 맞추었다.

"그럴게. 그러려면 우선 너희들 이름부터 지어야 해."

"이름? 우린 그냥 오린데?"

"그래도 각자의 이름이 필요해. 따로따로 구분해서 부르려면."

"그럼 어떻게 해야 해?"

"내가 이름을 지어 주지. 어떻게 지을까……."

유리는 세 마리의 오리들을 바라보며 생각을 짜냈다.

"이렇게 하자. 맨 앞의 너는 구름. 두 번째는 나무, 그리고 세 번째는 풀잎. 어때?”

“구름, 나무, 풀잎?”

맨 앞의 오리가 신기한 듯 유리가 지어준 이름을 따라 했다.

“그래. 키 순서대로 한 거야. 맨 앞의 네가 제일 크니까 하늘에 있는 구름이고 두 번째는 키가 중간이니까 산에 있는 나무고 세 번째가 제일 작으니까 땅에 있는 풀잎이야.”

“그래, 좋아. 고마워. 이름을 지어줘서.”

맨 앞의 오리가 다시 유리를 향해 웃음을 보냈다.

“그런데 쟤들은 왜 저기 있지? 이리로 오지 않고?”

아까부터 저쪽에 떨어져 서 있는 닭들을 보며 유리가 물었다.

“응. 쟤들은 우리하곤 안 친해. 뭐, 부부라나. 그래서 늘 자기들끼리만 다니는 걸.”

“그래?”

유리는 오리들을 지나 닭들이 서 있는 쪽으로 걸어가 말을 걸었다.

“안녕. 난 유리라고 해.”

그러나 유리가 먼저 인사를 하는데도 닭들은 대답을

하지 않고 쭈뼛거리더니 몸을 돌려 밭쪽으로 걸어내려 가버렸다. 유리는 머쓱해져 고개를 돌렸다. 그때 구름이 쪼르르 달려왔다.

"저 암탉이 성질이 고약해. 수탉에겐 우리와는 말도 못 붙이게 하는 걸."

"왜 그럴까?"

"글쎄 말이야. 누가 암탉 아니랄까봐."

닭들이 사라진 쪽을 보며 구름이 샐쭉 눈을 흘겼다. 그렇지만 유리는 고개를 저었다. 닭들도 일부러 오리들과 친하지 않으려는 건 아닐 거란 생각이 들었던 것이다.

유리는 깊게 숨을 들이쉬며 언덕 아래로 보이는 시골 풍경에 천천히 눈을 돌렸다.

18. 모두와 친구가 되다

유리와 라라에게 시골은 모든 게 새로웠다.

시골의 하루는 새벽공기를 가르는 수탉의 울음소리로 시작되었다. 그 울음소리는 길고 우렁차서 듣기 좋았다. 그리고 그 울음소리에 열리는 시골의 새벽은 상쾌했다.

시골의 새벽은 모든 게 달랐다. 차갑고 상큼한 공기는 서울 아파트 베란다에선 느낄 수 없던 것이었다. 그리고 수탉의 울음소리에 깨어난 새들의 지저귐을 들으며 동네 쪽으로 끝없이 이어진 흙길을 라라와 나란히 걷는 것도 수련원 옥상에선 미처 해 보지 못했던 일이었다.

시골에 온 지 이삼 일 지난 새벽 유리는 라라와 함께

닭들이 있는 비닐하우스로 갔다. 닭장은 두 번째 비닐하우스 옆에 있었다.

“형, 좋은 아침이야.”

유리는 요란하게 기상 신호를 보내고 나서 암탉과 함께 땅바닥에 떨어진 모이를 쪼고 있는 수탉에게 대뜸 형이라고 부르며 인사를 건넸다.

“어, 그래. 그런데 내가 형이란 건 어떻게 알았어?”

수탉은 약간 당황한 듯하면서도 유리가 형이라고 부른 게 과히 기분이 나쁘지 않은 것 같았다.

“그야 척 보면 알지.”

“사실이 그래. 그저께 오리들로부터 네 나이를 들었어. 작년 여름에 태어났다고. 그러니까 내가 몇 달 빠르지. 난 작년 봄에 태어났으니까.”

“아무튼 반가워. 나는 유리이고 이쪽은 라라라고 해.”

유리는 수탉과 암탉에게 라라를 소개하며 살짝 고개를 숙였다.

“그것도 들었어. 하지만 우리는 이름이 없는 걸.”

수탉이 조금 창피한 표정을 지었다.

“그래서 이름을 생각해가지고 왔어.”

“뭐라고? 우리 이름을 생각해가지고 왔다고?”

"응. 형은 우리에게 새벽을 알려주니까 새벽이라고 하고 형수는 저녁 늦게까지 자지 않으니까 저녁이라고 하면 될 것 같은데?"

"새벽과 저녁이라……. 좋군."

"맘에 들어?"

"아무려면 어때. 없던 이름 생긴 게 어딘데. 괜찮지, 새벽과 저녁?"

수탉은 흡족한 표정을 짓더니 암탉에게 물었다.

"응, 괜찮아. 그보다 유리는 참 예의가 바르네."

암탉이 유리의 이름을 부르며 호감을 드러냈다.

"형수, 잘 부탁해. 라라도 예뻐해 주고."

내친 김에 유리는 암탉에게도 다시 고개를 숙였다.

"별 말을. 라라도 참 얌전해 보이네. 저 버릇없는 오리들과 달리."

"오리들은 내가 타이를게."

"그래줄래? 그런데 서울서 왔다면서?"

뜻밖에 암탉이 유리에게 호기심을 보였다.

"응."

"서울은 어떤 곳이야?"

"여기와는 많이 다른 곳이야."

"어떻게?"

"차차 얘기할게."

"그래. 자주 놀러 와서 서울 얘기를 들려줘."

"응. 그런데 형수는 참 자랑스럽겠어."

"왜?"

"형이 상당히 미남이잖아?"

실제로 수탉은 몸집도 큰데다가 머리 위의 붉은 벼슬이 훈장처럼 빛나고 날개도 여러 가지 색깔로 어우러져 화려하기 그지없었다.

"뭐, 조금 그렇긴 하지만 유리도 멋있어. 초록빛 목과 회색 날개가 너무 근사해."

"고마워."

생각했던 것보다 닭들과의 관계는 잘 풀렸다. 처음엔 이곳 닭들이 오리를 약간 무시하는 듯 보였지만 막상 대해 보니 꼭 그런 것 같지는 않았다.

시골에서의 생활은 어렵지 않았다. 유리와 라라는 매일같이 수탉 새벽이 내지르는 기상 신호에 눈을 뜬 후 하루 종일 집 주위와 언덕 아래의 밭 부근에서 놀다가 저녁에 잠드는 생활을 반복했다. 닭들과 그랬던 것처럼 유리는 현관의 바둑이와도 지킴이라는 이름을 지어주며 친해졌다. 그리고 이곳저곳 마음대로 다닐 수 있어 심심하지가 않았다. 게다가 비닐하우스와 밭 주변에 모이가 많이 떨어져 있고 벌레들도 많아 시간에 맞춰 식사를 하지 않아도 될 정도로 자유로웠다.

할아버지는 하루 밤낮을 수련원에서 근무하고 다음날은 집에서 쉬었다. 그리고 집에서 쉬는 날은 할머니와 함께 농사를 지었다. 비닐하우스에서 고추와 상추, 쑥갓 등을 기르고 밭에서 감자와 고구마 등을 재배하는 게 할아버지와 할머니의 농사였다.

시골 생활이 익숙해지면서 유리는 점점 집에서 먼 곳까지 산책했다. 그러다가 하루는 혼자 밭이 있는 방향과 반대편 비탈길을 걸어올라 갔다. 처음 가는 거라 일단 길을 확인해두기 위해서였다. 낮은 산 같은 언덕 위로 올라가는 길은 제대로 나 있지 않았지만 그다지 힘들지는 않았다. 유리는 서두르지 않고 천천히 언덕을 걸어올라 갔다. 언덕길 옆으로는 아래쪽에서 샛강이 마을을 휘감으며 바다로 향하고 있었다. 이윽고 언덕 맨 꼭대기에 이르렀을 땐 반대편으로 멀리 갯벌이 보였다. 샛강은 갯벌이 시작되는 곳에서 끝이 났다. 갯벌너머로는 햇살이 쏟아져 하얗게 반짝이는 바다가 아스라이 펼쳐져 있었다.

"유리오빠!"

돌아보니 언제 왔는지 구름이 옆에 서 있었다.

"언제 온 거야?"

"오빠가 이쪽으로 가는 것 보고 뒤따라 왔어."

"힘들 텐데 뭐 하러?"

"오빠 혼자 심심할 것 같아서……."

구름이 유리 곁으로 한 걸음 다가서며 야릇한 웃음을 던졌다. 그러나 유리는 전혀 심심하지 않았다.

"서울 얘긴 이따가 다들 모이면 계속할 건데?"

"서울 얘기 듣자고 따라온 거 아냐."

구름이 약간 뾰루퉁한 표정을 지었다.

"자, 그만 돌아가자."

유리는 난처한 기분에 먼저 돌아서서 서둘러 집 쪽으로 향했다.

집으로 돌아온 유리는 여느 날처럼 구름과 나무, 풀잎들을 모아놓고 서울에서 살던 얘기를 들려주었다. 지난번에도 처음 소년과 지하철을 타고 오던 일, 소년이 수업을 빼먹고 유리와 라라와 풀밭에서 놀던 일, 소년이 둘 때문에 싸우던 일 등을 얘기했었다. 그러나 둘이 학원에서 큰길로 뛰쳐나가는 바람에 차들이 모두 멈추었던 일, 라라가 죽다가 살아난 일, 청계천을 헤엄친 일 등 아직 못 다한 얘기들이 많았다.

유리가 얘기를 하면 모두들 재미있게 들었다. 그래서 유리는 신이 났고 자신이 보고 들은 것들을 빠짐없이 얘기해 주었다.

그런데 문제가 있었다. 유리가 구름과 나무, 풀잎 들을 모아놓고 서울 얘기를 하거나 함께 돌아다닐 때면 그 자리에 라라가 없다는 점이었다. 웬일인지 라라는 처음부터 구름들과 어울리려 하지 않았다. 그리고 항상 유리가 볼 수 없는 곳에 따로 있었다.

그래서 하루는 비닐하우스 안에서 혼자 모이를 쪼고 있는 라라에게 유리가 물었다.

"라라, 왜 혼자 있어?"

"그냥."

"왜, 구름들이 싫어?"

"그런 건 아냐."

"아니면 혹시 나 없을 때 해코지라도 하는 거야?"

"아냐, 그런 건."

라라는 아래로 늘어뜨린 고개를 희미하게 가로저었다.

"그럼 왜?"

그러나 더 이상 라라는 대답이 없었다. 유리는 답답했다.

다음날도 여느 날처럼 아침을 먹은 후 유리는 라라와 함께 언덕 아래쪽 밭을 향해 걷고 있었다. 그때 구름, 나무, 풀잎 들이 달려와 유리를 둘러쌌다. 그리고는 유리를 떼밀 듯이 하며 같이 놀자고 꽥꽥거렸다. 그 바람에 라라는 자연스럽게 뒤쪽으로 떨어졌다. 유리는 구름들에게 밀리듯 아래쪽으로 내려가며 라라를 돌아다보았다. 라라는 또 그 자리에 멈춰 서 있었다.

구름들과 한참 놀아주다가 유리가 다시 집으로 돌아오니 라라는 비닐하우스 한쪽에 쪼그리고 앉아 있었다. 유리는 라라에게 다가가 살며시 물었다.

"왜 안 따라 왔어?"

"그냥 혼자 있고 싶어서……."

"그러지 말고 구름들과 같이 놀아. 이젠 아파트나 수련원에서처럼 우리끼리만 있을 순 없어. 앞으로 우리가 여기서 살아가려면 다른 친구들과 어울리면서 함께 지내야 해."

"알고 있어."

라라는 마지못해 나직이 대답했다.

그러나 그 후로도 라라는 구름들에게 섞여들지 못했

다. 유리는 마음이 무거웠다.

그러던 어느 날 라라가 며칠 후 뜻밖의 얘기를 꺼냈다.

"우리 그때 청계천에 그냥 있을 걸 그랬나봐. 아파트 쪽으로 가지 말고……."

"갑자기 그건 무슨 소리야?"

"그랬다면 소년이 매일매일 찾아와 아주머니가 어떤지 얘기해 주었을 텐데……."

그건 그랬다. 유리와 라라가 아파트 쪽으로 거슬러 올라가는 바람에 아주머니가 둘을 보게 되었고 며칠 후 둘은 멀리 청소년수련원으로 옮겨졌던 것이다.

"그러니까 라라는 그동안 아주머니 걱정하고 있었구나?"

"매일 빌어도 나으셨는지 어떤지 알 수 없어서……. 그래서 구름과 나무, 풀잎 들과 웃고 떠들며 놀기가 힘들었어."

순간 유리는 조금 부끄러워졌다. 낯선 곳에 빨리 익숙해지려는 생각으로 구름들과 어울렸지만 그 바람에 잠시 아주머니를 잊고 있었던 것이다.

"라라 말이 옳아. 내가 깜빡하고 있었어."

그러자 라라가 천천히 고개를 저었다.

"유리가 잘못했다는 게 아냐. 나도 알아. 청계천 오리들처럼 구름들도 우리에게 주인행세 할까봐 유리가 날 위해 친하게 지냈다는 걸. 난 그냥 아주머니가 어떤지 궁금해서 그랬던 거야."

그러나 유리는 자신이 잘못했다는 생각을 했다. 잠시나마 소년과 아주머니를 잊고 있었다는 것은 전엔 상상도 못했던 일이었다.

"그래. 나도 라라처럼 매일 아주머니 낫게 해달라고 빌게. 그러니까 라라도 너무 걱정하지 마."

"그런데 아직 방학이 멀었을까? 방학이 되면 오겠다고 했잖아, 소년이?"

"곧 좋은 소식 가지고 올 거야. 그러니까 그때까지 우리도 튼튼하게 지내야 돼. 알았지?"

"응. 알았어."

유리가 달래자 라라가 가만히 고개를 끄덕였다.

19. 장마

여름 햇살이 점점 뜨거워지기 시작했다. 뜨거운 햇살은 한낮이 되면 마당에서 하얗게 끓어올랐다.

그동안 라라는 구름들과 조금씩 친해지고 있었다. 아주머니에 대한 걱정을 감추며 라라 스스로 노력을 많이 했던 것이다. 덕분에 유리와 라라는 구름들과 새벽, 저녁 부부까지 함께 어울리며 심심하지 않은 나날을 보낼 수 있었다.

날이 채 밝기도 전에 수탉 새벽이 우렁차게 기상신호를 울리면 모두들 일제히 일어나 서로 인사를 나눴다. 이어서 새벽과 유리가 선두에 서고 저녁과 라라, 그리고 구름 ,나무, 풀잎 들이 뒤를 따르며 마당을 돌았다. 그러고 나서 먼저 일어난 할머니가 뿌려주는 모이를 먹었다. 모두들 그렇게 요란하게 새로운 하루를 열었다.

처음에는 구름들에게 끼어들기를 어색해하던 라라도 시간이 지나면서 곧잘 어울리면서 집 아래쪽 밭두렁을 돌기도 하고 비닐하우스 옆 그늘에 모여 함께 재잘거리기도 했다. 전에 못 보던 모습이었다.

라라가 구름들과 어울려 지내게 되면서 유리는 난생처음 혼자 있을 수 있게 되었다. 가끔 무리에서 유리가 빠져나와도 라라는 크게 개의치 않을 만큼 구름들과 친해졌던 것이다. 그럴 때면 유리는 비탈길을 걸어서 바다가 내려다보이는 언덕으로 올라갔다. 그곳에 가면 왠지 마음이 푸근해졌다.

갯벌이 끝나는 곳에서 은빛 비늘을 반짝이며 누워 있는 바다. 저 바다 너머로 끝까지 가면 무엇이 나올까. 어쩜 라라와 자신이 살던 서울과 아파트가 그곳에 있지나 않을까.

그런 상상을 하면서 유리는 언젠가는 갯벌과 이어지는 집 반대편 산비탈을 내려가 보겠다는 생각을 했다.

그러던 어느 날부터 비가 내리기 시작했다.

"에이구. 장마가 시작되려나 부다."

할머니가 마당에 널어놓은 빨래를 걷으며 하늘을 올려다보았다.

지난 달에도 몇 차례 비가 왔었다. 그런데 이번 비는 좀 더 거세고 길게 내렸다. 한번 내리기 시작하면 요란한 기세로 비닐하우스를 두들겼고 오전 내내 혹은 오후부터 밤까지 내렸다. 작년에도 장맛비를 보긴 했지만 아파트 베란다에서 바라보았던 거라 별로 느낌이 없었다. 그런데 비닐하우스 안에서 겪는 장맛비는 작년과 달랐다. 뭔가 무시무시하고 섬뜩함마저 느껴졌다.

"유리 오빠 의외로 겁쟁이네?"

비가 올 때마다 얼굴이 굳어지는 유리를 보며 구름이 놀리듯 말했다.

"그, 글쎄……. 겁쟁이라서가 아니라……."

실제로 그랬다. 구름 말대로 자신이 겁쟁이인지도 모르겠지만 유리는 지난달보다 엄청나게 많이 쏟아지는 비가 왠지 느낌이 좋지 않고 불안했다.

"작년에도 비가 많이 왔었어. 그렇지만 걱정 마. 아무 일도 없었으니까."

구름은 뽐내듯 자신만만한 표정을 지었다.

그러나 며칠째 내리고 그치기를 되풀이하면서 장마가 계속되자 할아버지도 안심이 안 되는지 구름들의 집과 새벽과 저녁의 집, 그리고 유리와 라라의 집을 창고 안으로 옮겼다. 그 바람에 모두들 하루 종일 모두 한곳에 모여 지내게 되었다.

하지만 잠시 비가 그치기라도 하면 구름들은 물론 새벽부부까지도 창고 밖을 나가 돌아다녔다.

"유리 오빠! 물구경해 봐. 멋있어."

구름은 창고 안에서 라라와 함께 있는 유리를 수시로 꼬드겼다.

비닐하우스 끝 쪽의 비탈길은 며칠간 내린 비로 깊게 골이 파였고 언덕 위에서부터 내려온 황톳물이 거친 소리를 내며 그 위로 흘러가고 있었다. 유리는 마지못해 멀찌감치 떨어져서 잠시 지켜보다가 돌아서곤 했다. 그러나 구름들은 물가 가까이에 모여 서서 꽥꽥거렸다.

그리고 며칠 후였다. 내리던 비가 멈추고 햇빛이 나면서 비탈길 위로 흐르던 물도 점차 땅속으로 스며들었다. 그러자 구름들과 새벽부부는 또 다시 창고를 나간 후 비탈길을 걸어 내려가 밭쪽으로 향했다. 며칠간 창고와 집 주위만 뱅뱅 돌았던 게 답답하기라도 했다는 듯이.

"유리오빠. 왜 안 가?"

비탈길 끝에서 걸음을 멈추는 유리를 보며 구름이 물었다. 새벽부부는 벌써 구름들보다 저만치 앞서가고 있었다.

"난 조금 이따가 갈게. 라라 좀 살펴보고."

"라라 언니가 왜?"

"오늘은 아침부터 줄곧 앉아만 있네."

"그럼 갔다가 빨리 와."

구름이 어깨를 으쓱하며 돌아섰다.

"너무 멀리 가지 마."

"걱정 마. 이제 비는 안 올 거야."

구름은 유리의 걱정엔 아랑곳하지 않은 채 뒤도 안 돌아보고 앞으로 걸어나갔다.

"그래도 아직 땅이 질어서 발이 빠질지 모르니까 조심하는 게 좋아."

유리는 구름의 뒤통수에 대고 소리쳤다.

"오빠도 빨리 와."

"그래, 알았어."

유리는 그 길로 창고로 돌아왔다. 라라는 여전히 목을 앞으로 뺀 채 웅크리고 앉아 있었다.

"어디 아픈 거야, 라라?"

"아니."

라라가 고개를 가볍게 저었다. 그러나 얼굴은 어두웠다.

"그럼 왜 그래?"

"아, 아무 것도 아냐."

여전히 라라는 뭔가를 골똘히 생각하는 모습이었다.

그러고 얼마나 지났을까. 갑자기 창고 바깥 하늘이 시커먼 먹구름으로 뒤덮이며 어두워지는가 싶더니 귀를 찢는 듯한 천둥소리와 함께 폭포수 같은 비가 쏟아지기 시작했다.

"아이구야. 얘들이 어딜 갔나?"

할머니가 방에서 마당으로 달려 나왔다가 구름들과 새벽부부가 보이지 않자 사방을 오가며 두리번거렸다. 그러나 비가 억수같이 쏟아져 앞이 보이지 않을 지경이었다.

비가 멈춘 지 꽤 여러 날 됐었는데 다시 이렇게 거세게 내릴 줄은 몰랐다. 유리는 창고 입구에서 가슴을 졸이며 구름들과 새벽부부가 돌아오기를 기다렸다. 하지만 격렬하게 내리는 비의 기세는 좀처럼 수그러들 것 같지가 않았다.

혹시 집으로 돌아오다가 물이 불어나 다른 집에라도 가 있는 게 아닐까.

유리는 불안해지는 마음을 간신히 다독였다.

비가 멈춘 건 이튿날 오후가 되어서였다. 세상을 온통 뒤집어 놓을 것처럼 하루를 꼬박 퍼붓던 비가 그치자 하늘은 언제 그랬냐는 듯이 파란 얼굴을 내밀었다.

"하이구야. 그렇게 무섭게 쏟아 붓더니 무지개가 떴네!"

마당으로 나온 할머니가 고개를 쳐들고 하늘을 올려다보며 말했다. 집 앞 밭 너머 동네의 뒷산 쪽으로 여러 색깔의 커다란 줄무늬가 하늘 높이 떠 있었다.

"라라! 이리 나와 봐."

마당에 있던 유리는 창고로 달려갔다. 자신이 처음 본 무지개를 라라에게도 보여주고 싶었던 것이다. 비가 내릴 동안 라라는 줄곧 창고 안에 앉아 있었다.

그런데 유리를 따라 나와 마당에서 하늘에 걸린 무지개를 한참 바라보던 라라가 눈물을 뚝뚝 흘렸다.

"왜 그래, 라라?"

"몰라. 자꾸만 아주머니 생각이 나서……. 비가 내리는 내내 아주머니 얼굴이 눈앞에 어른거렸어."

그렇지만 라라가 무지개를 보고 왜 우는지 유리는 영문을 알 수 없었다. 그때 유리 옆에 서 있던 할머니가 깊은 한숨을 내쉬었다.

"그런데 애들은 어디 가서 아직도 오지 않는담?"

그때서야 유리도 돌아오지 않는 구름들과 새벽부부에 생각이 미쳤다. 유리는 문득 어제 낮에 비탈길을 내려가 밭두렁을 향해 활기차게 걸어가던 구름들과 새벽부부의 모습을 떠올렸다. 그게 마지막이었다. 정말 왜 돌아오지 않는 걸까.

갑자기 숨이 막히고 가슴이 두근거렸다. 설마 잘못된 건 아니겠지.

저녁이 되어 어제 청소년수련원에서 근무를 한 할아버지가 돌아왔다.

"아침에 오려고 했는데 비 때문에 길이 끊겨서 이제 겨우 온 거야."

할아버지가 할머니에게 말했다.

할아버지가 돌아왔을 때까지도 구름들과 새벽부부는 모습을 나타내지 않았다.

다음날 날이 밝자 할아버지는 오늘은 근무를 쉬기로 했다면서 구름들과 새벽부부를 찾으러 아랫동네까지 내려갔다. 그러나 구름들과 새벽부부를 보았다는 사람은 없는 모양이었다.

"삼십 년만의 큰 장마라지만 내 평생 이런 비는 처음 같네. 하루에 삼백 밀리 넘게 내리다니……."

할아버지는 현관 앞에 주저앉아 허공을 바라보며 땅이 꺼지게 푸념을 했다.

유리는 구름들과 새벽부부가 사라졌다는 게 도무지 믿기지 않았다. 유리가 갖고 있는 기억은 구름들과 새벽부부가 논두렁 쪽으로 멀어져가던 모습과 물통으로 퍼붓듯 비가 내리던 풍경뿐이었다. 그 두 기억이 어떻게 연결되어 그들이 돌아오지 않는지 알 수 없었다. 유리는 어디선가 그들이 전처럼 재잘거리고 있을 것만 같았다.

장마가 끝나고 보름 가까이 찌는 듯한 무더위가 계속되었다. 할아버지는 또 그랬다. 평생에 처음 보는 더위라고. 작년에 아파트에 살 적엔 에어컨 덕분에 여름에도 시원하게 지냈는데 할아버지도 처음 겪는다는 더위는 정말 만만치가 않았다. 유리와 라라는 그 더위를 힘겹게 견디며 나머지 여름을 보냈다.

마침내 더위가 물러가고 아침저녁으로 공기가 서늘해지면서 여름도 끝나고 있었다. 그때까지도 구름들과 새벽부부는 돌아오지 않았다. 그리고 방학이 끝날 때까지 소년도 오지 않았다. 유리는 허전해졌다.

20. 두 번째 이별

가을이 시작되고 얼마 지나지 않아서였다. 유리와 라라가 비닐하우스 뒤에서 놀고 있는데 아저씨의 차가 마당으로 들어섰다. 차가 멈추자 아저씨와 소년이 내렸다.

비닐하우스 뒤에 있던 유리와 라라는 반가움에 꽥꽥거리며 달려갔다. 미리 연락을 받았는지 할아버지가 마당에 나와 있었다.

"힘든 일 겪으셨다구요."

할아버지가 두 손으로 아저씨의 손을 잡으며 허리를 굽혔다.

"아, 예……."

아저씨도 머리를 숙이며 말끝을 흐렸다.

“그래 얼마나 마음이 아프냐. 어린 나이에…….”

할아버지는 다시 소년의 머리를 쓰다듬었다. 소년은 아무 말도 하지 않고 고개를 떨구고 있었다.

“유리와 라라구나.”

유리와 라라가 곁에서 계속 꽥꽥거리자 소년이 그 자리에 선 채 시무룩한 표정으로 둘을 내려다보았다. 그 모습이 유리가 전에 알던 소년과 달라보였다. 이상했다. 무슨 일이 있었던 걸까.

할아버지와 함께 집안으로 들어갔던 아저씨와 소년은 한참 지나서야 다시 마당으로 나왔다.

“그럼 잘 부탁드립니다.”

타고 왔던 차 앞에서 아저씨가 할아버지에게 깍듯이 인사를 했다.

“염려 마십시오. 친손자처럼 잘 돌보겠습니다.”

소년의 손을 잡은 할아버지도 아저씨를 마주 보며 살짝 고개를 숙였다.

“할아버지 말씀 잘 듣고 말썽 피우지 말고 지내거라.”

아저씨가 소년에게 걱정스런 눈길을 보내며 당부했다.

“걱정 마세요.”

소년이 조용히 대답했다. 아저씨는 두 손으로 소년의 어깨를 가볍게 두드리고는 차에 올랐다.

차는 미끄러지듯 마당을 빠져나갔다. 그리고 집 아래 마을길을 달리더니 조금 후에 모습을 감추었다. 유리는 고개를 갸웃거렸다. 분명히 뭔가 조금 이상했다. 왜 소년은 남아 있고 아저씨만 혼자 돌아가는 건지 알 수가 없었다.

아저씨가 가고 난 뒤 소년은 할아버지와 집안으로 들어갔다가 잠시 후 다시 나왔다. 그리고 마당 한켠에 있는 조그만 바위에 걸터앉았다. 유리와 라라는 달라진 소년을 보며 전처럼 가까이 다가가지 못하고 조금 떨어져서 그 자리를 맴돌았다.

그러자 소년이 둘을 불렀다.

"얘들아, 이리 와."

그리고 유리와 라라가 다가가자 차례대로 머리를 쓰다듬어주었다. 그러나 그러고는 그만이었다. 소년은 전처럼 씩씩하지도 않았고 말도 적어졌다. 라라는 멋쩍은지 창고 안으로 들어갔다.

잠시 후 창고로 들어갔을 때 라라는 한쪽에 웅크리고 앉아 울고 있었다.

“라라, 왜 그래?”

“모르겠어.”

라라가 가만히 고개를 저었다.

“소년 때문에 그래?”

“아니. 그런데 아주머니는 왜 한 번도 안 오지? 아직도 많이 아픈가봐.”

듣고 보니 그랬다. 아주머니가 나았다면 지금쯤 둘을 보러 왔을 것이다. 그런데 아주머니는 오지 않았고 아저씨와 함께 왔던 소년만 이곳에 남았다. 그리고 소년은 전과 달라졌다.

유리가 다시 마당으로 나왔을 때 소년은 여전히 바위 위에 앉아 있었다. 유리는 소년 앞에서 쭈뼛거리다가 마당을 벗어나 비탈길 쪽으로 걸었다. 그러자 소년이 일어났다. 비탈길을 걸어 오르며 돌아보니 소년도 따라오고 있었다. 한참 후 언덕 끝까지 올라왔을 때 갯벌과 먼 바다가 눈앞에 시원하게 펼쳐졌다.

소년은 그 자리에 앉아 잠시 바다 끝 쪽 하늘을 바라보았다. 그러다가 말했다.

“여름에 친구들을 잃었다며?”

유리는 고개를 끄덕였다. 아마 할아버지한테서 들은

모양이었다.

"나도 엄마를 잃었어. 엄마는 하늘나라로 갔어."

소년의 목소리는 들릴 듯 말 듯했다. 유리는 잘못 들은 게 아닌가 싶었다. 아주머니가 죽다니. 그래서 고개를 쳐드니 소년의 볼에 눈물이 흐르고 있었다.

유리는 지난 봄 아파트를 떠날 때 차에 오르는 자신과 라라를 보며 금방이라도 울 듯하던 아주머니의 마지막 모습이 떠올랐다. 아! 아주머니가 죽다니.

"여름에 엄마는 많이 아팠어. 그래서 장마 기간 내내 병원에 입원해 있었어. 그러다가 비가 그치던 날 숨을 거두었어. 그날 병실 창밖 하늘에 떠 있는 무지개를 보았어. 마치 엄마가 하늘에서 웃고 있는 것 같았어."

무지개! 지난 여름 큰 비가 그쳤을 때 여기서도 무지개가 떴다. 그리고 그 무지개를 보며 라라가 눈물을 흘렸던 것이다. 유리는 세차게 머리를 흔들었다.

"그리고 방학이 끝나고도 학교에 가지 않았어. 나는 마마보이가 아니라고 생각했는데 엄마가 없으니까 아무것도 할 수가 없었어. 그래서 이리로 온 거야. 하지만 오래 있진 않을 거야."

소년은 자기에게 화가 난 것처럼 벌떡 자리에서 일어

났다. 그리고 유리와 함께 집으로 돌아왔다.

저녁에 유리가 아주머니가 죽었다는 이야기를 하자 라라는 숨이 넘어가도록 꺽꺽거리며 밤새도록 울었다. 유리는 라라가 더 슬퍼할까봐 힘들게 눈물을 참았다.

그러나 죽음이란 게 어떤 건지 전엔 몰랐지만 이젠 알 것 같았다. 죽음은 누군가를 더 이상 볼 수 없게 하는 것이었다. 그러니까 아주머니가 죽었다는 것은 다시는 아주머니를 만날 수 없다는 것이었다. 그렇지만 그것은 정말 상상도 못했던 일이었다.

유리 자신과 라라가 맛있어한다고 늘 상추를 챙겨주던 아주머니. 여름엔 덥다고 둘의 몸에 샤워기로 물을 뿌려주던 아주머니. 둘에게 유리와 라라라는 이름을 지어준 아주머니. 라라가 아플 땐 눈물을 흘리던 아주머니. 그리고 무엇보다 둘에게 고맙고 든든한 형인 소년의 엄마인 아주머니.

그동안 아주머니가 빨리 낫기를 자신과 라라는 열심히 빌었다. 그리고 언젠가 다시 보게 되리라 믿었다. 그런데 이제는 그럴 수 없다니 유리는 정말 가슴이 미어지는 것 같았다.

다음날도 그 다음날도 소년은 유리를 데리고 바다가

보이는 언덕으로 올라갔다. 그리고 그 자리에 앉아 말없이 먼 바다를 바라보곤 했다. 그러다가 하루는 조용히 말했다.

"바다를 보고 있으면 마음속에 있던 슬픔들이 나도 모르게 사라지는 것 같아. 바다 저 멀리에 있는 하늘에서 엄마가 나를 보고 있는 것 같아서……."

소년의 말대로 아주머니는 하늘나라에서도 아들이 힘내도록 빌고 있을 것이다. 유리는 갈매기처럼 날 수만 있다면 그곳으로 가서 아주머니의 얘기를 듣고 돌아와 소년에게 전해 주고 싶었다.

"나는 엄마가 늘 나를 곁에서 지켜주고 있을 거라고 생각해. 그래서 보란 듯이 씩씩하게 자라서 훌륭한 어른이 될 거야. 너희들도 그래야 해. 나하고 떨어져 있어도 늘 내가 곁에 있다고 생각하면서 튼튼하게 자라야 돼."

유리는 눈시울이 뜨거워졌다. 소년이 전보다 많이 어른스러워져 보였기 때문이었다.

집으로 돌아오니 라라가 마당에서 고추를 말리는 할머니 옆에서 놀고 있었다. 아주머니가 죽었다는 얘기를 들은 후로 라라는 할머니와 마당에서 자주 시간을 보냈다.

"아이구, 아가야. 점심 때가 됐는데 깜빡했구나. 할미

가 얼른 점심 차려줄게."

마당으로 들어서는 소년을 보며 할머니가 일어섰다.

"할머니. 저 아가 아닌데요. 저 오학년 상급반이에요."

소년이 씩 웃으며 말했다.

며칠 뒤 소년의 친구들이 한꺼번에 들이닥쳤다. 할아버지가 청소년수련원의 작은 버스로 태워온 이짱과 삼짱, 그리고 진호와 시현, 영대였다. 소년과 친구들은 마당에서 한참 떠들다가 할머니가 쪄준 옥수수를 들고 유리와 함께 언덕으로 올라갔다.

"야, 여기 끝내준다!"

이짱이 언덕 아래쪽에 펼쳐진 갯벌을 보며 소리를 질렀다.

"내년 여름에 놀러오자. 바지락도 캐고 낙지랑 게들도 잡을 수 있을 거야."

삼짱이 대단한 생각을 했다는 듯한 표정을 지었다.

"내년까지 기다릴 거 뭐 있어. 지금 내려가면 되지."

진호가 허리를 굽히며 산비탈을 내려다보았다.

"괜찮겠어?"

소년이 묻자

"응. 조그만 길이 나 있어. 내려가면 될 것 같아."

진호가 대답하며 앞장섰다.

소년과 친구들은 조심스럽게 산비탈을 타고 갯벌로 내려갔다. 그리고 꺾어온 나뭇가지로 갯벌을 파기 시작했다. 갯벌 위로 수도 없이 많은 구멍들이 뚫려 있었다. 그 구멍들마다 게들이 머리를 드러냈다가 숨곤 했다. 그 위를 갈매기들이 날아다녔다. 그 사이 유리는 갯벌 위에서 꼼지락거리는 벌레들을 열심히 잡아먹었다.

"야, 낙지는 보이지 않네."

얼굴에 진흙을 잔뜩 묻힌 시현이 한숨을 쉬자

"그건 호미나 삽 같은 게 있어야 돼. 그래도 바지락이라도 캔 게 어디야."

영대가 두 손에 가득한 바지락을 들어 올려 보이며 환하게 웃었다.

그때 갈매기 한 마리가 공중에서 잽싸게 내려와 유리 앞의 벌레를 집어물고는 다시 공중으로 솟구쳐 올라갔다. 그 움직임이 너무 빠르고 아름다워서 유리는 하늘 위로 멀어져가는 갈매기를 멍청하게 바라보았다.

"너 또 날고 싶은 모양이구나."

소년이 유리의 머리를 쓰다듬으며 안타까운 표정을 지었다.

"왜, 얘가 날고 싶어 해?

진호가 다가와 소년에게 물었다.

"그런가 봐. 지난번에 수련원에서도 옥상에서 뛰어내렸대."

"그래, 다친 덴 없었어?"

"괜찮았던 것 같아."

"그럼 조금은 날 수 있구나."

"그러게. 집에서 기르는 청둥오리는 날지 못한다고 했는데."

"왜?"

삼짱이 끼어들었다.

"오래 전에 집에서 길러지면서 오리의 본래 기능을 잃었기 때문이라는 거야."

"오래 전에? 언제?"

"2~3천 년 전쯤에."

"2~3천 년 전에 어떻게?"

"처음엔 사람들이 모이를 구하기 위해 찾아든 오리의 날개를 적당히 잘라 집에서 기르게 되었대. 그리고 사람들에게 길러지는 동안 날개를 사용하지 않으면서 퇴화하게 된 거래."

"왜 날개를 사용하지 않았을까?"

영대가 고개를 갸웃거리며 궁금한 얼굴을 했다.

"태어나면서부터 날갯짓하며 힘들여 먹이를 구하거나 천적을 피해 먼 거리를 이동하지 않아도 되었다는 거야. 사람이든 오리든 신체의 어느 부분을 사용하지 않으면 그 기능이 떨어지니까 그래서 퇴화한 거래."

"그럼 그 부분을 자주 쓰면 어떻게 되지?"

진호가 날카로운 눈빛으로 소년을 쳐다보았다.

"그야 당연히 발달하게 되겠지."

"그렇다면 얘도 날갯짓을 자주하면 어쩌면 날 수 있을지도 모르잖아?"

"인터넷에선 음식을 적게 먹고 몸무게를 줄이면서 야성을 회복하면 날 수 있을 거라고 했어. 하지만 그렇더라도 상당히 오래 걸릴 거야."

소년의 말에 유리는 고개를 저었다. 자신은 지금도 약간은 날 수 있었다. 그러니까 조금만 더 연습하면 제대로 날 수 있을지 몰랐다.

"얼마나 오래 걸릴까?"

소년을 바라보는 시현의 얼굴엔 아쉬움이 묻어 있었다.

"모르겠어. 하늘을 나는 청둥오리와 집오리 사이에서

태어난 오리들도 먹이를 적게 주고 들판 같은 데에 풀어 놓으면 많이는 못 날아도 조금은 날아다닌다니까. 그러고 보면 얘도 완전히 퇴화한 건 아닌지 몰라.”

“뭐, 날지 못하면 어때. 청둥오리라고 반드시 날아야 한다는 법은 없으니까.”

진호가 골치 아프다는 듯이 머리를 흔들며 컬컬 웃었다.

그러나 유리는 그렇게 생각하지 않았다. 자신은 청둥오리였다. 그리고 날지 못하는 청둥오리를 청둥오리라고 할 순 없었다.

“야, 그만 돌아가자. 조금 있으면 밀물이 이 앞까지 들어차.”

붉게 노을이 지는 바다 쪽을 보며 소년이 친구들에게 소리를 높였다.

유리는 소년과 친구들을 따라 집으로 돌아왔다.

밤 늦게까지 놀던 소년의 친구들은 이튿날 일찍 떠났다. 할아버지가 몰고 온 작은 버스 앞에서 소년과 친구들이 인사를 나누었다.

“야, 일짱! 그냥 같이 가자!”

삼짱이 소년에게 떼를 썼다.

“그래. 우리하고 같이 가. 같이 가면 안 심심하잖아?”

진호도 거들었다. 그러나 소년은 씩 웃으며 조용히 고개를 저었다.

“아니. 나 혼자 갈 거야. 하지만 오래 걸리지 않을 거야.”

“그래. 그럼 빨리 와. 기다리고 있을게.”

친구들이 탄 차가 마당을 벗어나 마을길을 돌아 사라질 때까지 소년은 마당에 그대로 서 있었다.

친구들을 보낸 다음날 소년은 할아버지와 함께 차를 타고 어디론가 갔다가 한나절이 지나서야 돌아왔다. 그리고 차에서 내린 커다란 상자를 들고 집안으로 들어갔다.

이튿날 소년도 떠났다. 차에 오르기 전 소년이 유리와 라라에게 말했다.

“너희들이 보고 싶을 거야. 하지만 늘 너희들이 곁에 있다고 생각하며 참을 거야. 너희들도 그렇게 해.”

21. 라라와 유리, 정말 어른이 되다

소년이 떠난 다음날 할머니가 유리와 라라를 안방으로 데리고 들어갔다. 안방에는 이상한 물건이 놓여 있었다.

"이게 부화기란 거란다."

할머니가 그 물건을 가리키며 말했다. 서울 아파트에 살 때 아저씨가 쓰던 족탕기 비슷하게 생긴 물건이었다.

"교수님 아들이 너희들을 위해 사온 거야. 너희들 아기를 낳아주는 기계란다."

유리는 무슨 말인가 싶었다.

"자, 보아라."

할머니가 유리와 라라 앞으로 기계를 내밀었다. 기계

안에는 놀랍게도 라라가 어제 아침과 오늘 아침에 낳은 알 두 개가 담겨 있었다.

"할아버지가 그러더라. 알을 여기에 넣고 온도를 맞춰 주면 한 달 가까이 지나 아기가 나온다고. 나도 부화기 얘길 들은 적이 있단다. 오리 농장 같은 데선 이것보다 더 큰 부화기로 아기들을 부화시킨다고. 그러니 한번해 보자꾸나."

유리는 얼떨떨했다. 그리고 두렵기도 했다. 저렇게 해서 자신과 라라의 아기가 생긴다니. 그렇다면 둘은 정말 어른이 되는 것이다.

"그래서 너희를 불렀던 거란다. 하루에 잠깐만이라도 부화기를 지켜보는 게 어떻겠냐 싶어서 말이다."

유리는 고개를 끄덕이면서 옆에 있는 라라를 돌아다 보았다. 라라는 아무 말 없이 그저 고개를 숙이고 있을 뿐이었다.

그날부터 유리와 라라는 매일 잠깐씩 안방의 부화기를 지켜보았다. 그리고 안방을 나와서도 라라는 하루에도 몇 번씩 현관 앞에서 서성거렸다. 말은 안 했지만 신경이 쓰이고 안방으로 들어가고 싶은 눈치였다.

라라가 그러는 동안 유리는 가끔 비탈길을 걸어 언덕

으로 올라가곤 했다. 그러다가 어느 날 갯벌 쪽으로 내려갔다. 지난번 소년과 친구들을 따라 내려갔던 길이었다. 갯벌을 향하는 비탈은 경사가 많이 져 있고 길도 제대로 나 있지 않았지만 나무들이 빼곡히 서 있어 내려가는 건 큰 위험이 없을 듯했다. 그리고 한번 가본 길이라 자신이 있었다.

유리는 지난번과 달리 처음부터 걷는 대신 아래쪽으로 몸을 던져서 내려갔다. 그게 빠르기도 했지만 날갯짓 연습을 하는 기회이기도 했기 때문이었다. 이미 서울 학원과 수련원에서 경험했던 터라 날개를 퍼득이며 아래쪽으로 뛰어내리는 것은 어렵지 않았다. 유리는 몸이 공중에 뜰 때마다 열심히 날개를 움직였다. 그러다 보니 날갯죽지에 전에 느끼지 못하던 힘이 솟는 것 같기도 했다.

갯벌로 내려서자 수많은 게들이 구멍을 파고 들락거리고 있었다. 그리고 그보다 작은 벌레 같은 생명체들도 분주히 오가는 게 보였다.

"넌 누구니?"

몸집이 작은 게 한 마리가 구멍에서 머리만 드러낸 채 내게 물었다.

"나? 난 유리라고 해."

"처음 보는데?"

"난 저 언덕 너머에 살아. 며칠 전에도 왔었어."

그땐 소년과 친구들 때문에 게들이 밖으로 나오지 않았다.

"저 끝 쪽으로 가 봐. 네 친구들이 많이 있을 거야."

"내 친구?"

"그쪽엔 갈매기들이 많아."

"그렇잖아도 다음번엔 가보려고 해."

"우린 갯벌 속에서만 살지만 갈매기들은 멀리 날아갔다 오니까 재밌는 얘기들을 많이 해 줄 거야."

말을 마치자 게는 곧바로 구멍 속으로 머리를 감추었다.

다음날은 갯벌 끝에 펼쳐져 있는 바다까지 갔다. 걷기도 하고 가끔은 몸을 솟구쳐 조금이나마 날기도 하면서. 그곳에는 게의 말대로 갈매기들이 많이 모여 있었다. 갈매기들은 무리를 지어 일제히 하늘로 날아오르기도 하고 더러는 바닷가 왼쪽 끝자락의 갯바위에 모여 먹이를 쪼아 먹고 있었다. 유리는 갯바위 쪽으로 다가갔다.

"어, 너 혼자 먼저 온 거니?"

갯바위에 있던 갈매기 하나가 유리를 발견하고 놀란 얼굴을 했다.

"무슨 말이야?"

유리는 의아해서 물었다.

"아직 올 때가 멀었잖아. 조금 더 추워야 하는데……."

갈매기가 고개를 갸웃거렸다.

"나는 네가 무슨 말을 하는지 모르겠어."

그러자 갈매기는 유리를 한참 들여다보더니

"야, 너 못 날지?"

하고 물었다.

"응, 날지 못해."

"너 집에서 기르는 청둥오리구나?"

하고 물었다.

"맞아, 난 저 언덕 너머의 집에서 왔어."

"그래, 내가 깜빡했어."

"깜빡하다니?"

"넌 내가 아는 친구와 많이 닮았거든. 하지만 그 친구는 아직 올 때가 멀었어. 조금 더 추워져야 오니까."

"어디서 오는데?"

"멀리, 아주 멀리서."

"멀리서 어떻게?"

"멀리서 날아서 오지. 수천수만 마리의 친구들과 함께

말이야."

"그렇게 많이?"

"그래. 추위를 피해 이곳과 저쪽 샛강에서 겨울을 나려고 오는 거지."

그 말에 유리는 문득 작년 겨울 아파트 베란다에서 내려다보던 청계천을 떠올렸다. 그때 청계천에도 백 마리가 넘는 청둥오리들이 모여 있었다.

"그럼 조금만 있으면 그 친구들을 만날 수 있겠네?"

"물론. 내 친구는 지난 겨울 저쪽 샛강에서 태어났어. 처음에는 잘 날지 못했는데 떠날 때쯤 해선 제법 잘 날았어. 이젠 그때보다 훨씬 더 잘 날겠지."

갈매기는 친구를 생각하는 듯 아득한 눈을 했다.

"너는 좋겠다. 날 수 있어서……."

"왜 너도 날고 싶어?"

"물론. 하지만 난 날 수 없어. 태어날 때부터 그랬어."

"그건 네가 집에서 기르는 청둥오리이기 때문이야."

"나도 알고 있어. 하지만 날 수만 있다면 날고 싶어."

"날 수 있다고 다 좋은 건 아니야."

"그건 무슨 말이야?"

"하늘을 나는 우리도 위험해. 육지 위를 날 땐 가끔

독수리나 매가 나타나 우리를 채어가기도 하거든. 게다가 힘도 들고."

"그렇긴 하겠지만……."

"어쩌면 너처럼 사람들 집에서 사는 게 더 좋을지도 몰라. 먹이도 많고 편안하고……."

"그래도 난 날고 싶어."

하늘을 올려다보며 유리가 힘없이 중얼거리자

"미안해. 도움을 주지 못해서……."

갈매기가 위로하듯 말했다.

"아니야. 내 이야기를 들어주는 친구가 되어준 것만 해도 고마워."

"그래. 또 놀러와. 내 친구가 오게 되면 네게도 소개해 줄게."

그날 이후로 유리는 거의 매일 갯바위 쪽으로 나갔다. 그리고 갈매기와 얘기를 나누며 시간을 보냈다.

그러던 어느 날이었다. 여느 날처럼 할머니가 오전에 유리와 라라를 안방으로 들였다. 그리고 둘은 보았다. 알 껍질을 깨고 나온 둘의 아기를.

"한 마리는 부화가 되지 못했단다."

할머니는 죄 지은 사람마냥 풀죽은 표정이었다.

아기는 털이 물기에 젖은 채 눈도 제대로 뜨지 못하고 있었다. 유리는 아기를 가만히 들여다보았다. 그런데 아기는 어릴 때의 자신과 라라의 모습과 달랐다. 잠시 어리둥절하다가 문득 깨달았다.

암컷 청둥오리다!

지난 겨울 서울 아파트 베란다에서 청계천을 내려다볼 때 본 적이 있는 암컷 청둥오리였다. 라라와 자신은 아가를 얻은 것이다.

22. 오리다운 삶을 위해서

아가가 갖고 있는 최초의 기억은 어떤 것일까.

아가를 보면서 유리는 어떤 거리의 풍경을 생각했다. 크고 작은 건물들이 늘어서 있는 거리. 그 거리를 따라 줄지어 서 있던 가로수의 연두색 이파리들. 가로수 아래로는 많은 사람들이 분주히 오가고 있었고 큰길에는 자동차들이 사람들보다 더 빠른 속도로 요란하게 달리고 있었다. 그리고 그때 유리는 친구들과 함께 종이상자에 담긴 채 그 풍경들을 하염없이 바라보고 있었다.

세상의 모습이 유리의 머릿속에 들어오기 시작한 건 그때가 처음이었다. 앞으로 어떻게 될까 불안해하기 시작한 것도.

아가가 처음 기억하는 세상은 어떤 모습일까.

처음 보는 세상의 풍경에 유리 자신이 그랬던 것처럼 불안해하지는 않을까.

그때 자신을 불안에서 구해 준 건 소년이었다. 그렇다면 자신은 아가를 위해 어떻게 해야 할까.

작년 여름 유리와 라라가 그랬던 것처럼 아가는 무럭무럭 자랐다.

태어난 지 열흘 만에 아가는 애기티를 벗었다. 그리고 한 달쯤 지났을 때 거의 라라만해졌다. 그런 아가에게서 유리와 라라는 작년 아파트에서 둘이 자라던 모습을 그대로 보는 듯했다.

아가는 늘 라라 뒤를 졸졸 따라다녔다. 그리고 라라도 아가를 한시도 떼어놓으려 하지 않았다. 둘은 마치 사이 좋은 친구 같았다. 그 사이 유리는 자주 언덕을 넘어 바닷가 갯바위로 나갔다.

유리가 갯바위로 가면 늘 갈매기가 기다리고 있었다. 유리는 갈매기가 보는 앞에서 갯바위 맨 꼭대기로 올라가 앞으로 펼쳐진 모래밭으로 뛰어내리곤 했다. 날이 갈수록 공중에 머물러 있는 시간이 길어졌고 뛰어내리는 거리도 늘어났다. 그렇지만 그걸 날았다고 할 순 없었다.

갯바위 뛰어내리기에 지치면 갈매기와 함께 바닷물이 고여 있는 갯바위 틈으로 들어가 헤엄을 쳤다.

“헤엄은 정말 잘 친다!”

파도가 치는데도 부드럽게 물결을 타고 넘는 유리를 보며 갈매기가 새삼스럽게 신기해했다. 그렇지만 헤엄은 배우거나 연습을 한 게 아니었다. 어릴 때부터 저절로 칠 수 있었던 것이다.

“그런데 왜 하늘을 나는 건 안 되는지 몰라.”

유리가 시무룩해하면

“그것도 알 수 없는 일이야. 연습을 계속하면 어쩜 날 수 있게 될지…….”

갈매기가 용기를 북돋워주었다. 고마운 친구였다. 소년도 친구들과 그런 얘기를 했었다.

“그보다 아가는 잘 커?”

“응. 거의 제 엄마만해졌어.”

“정말?”

“하루하루가 달라. 나도 놀랄 지경이야.”

“한번 데리고 나와.”

“나도 그럴 생각이야.”

그 생각은 유리도 진작부터 하고 있었다. 서울 아저씨가 말했던 자연을 아가에게 보여주고 싶었던 것이다.

며칠 후 유리는 라라와 함께 아가를 데리고 바다로 나갔다. 산비탈을 내려와 갯벌을 지나는 동안 아가는 수시로 지렁이랑 벌레들을 잡아먹었다.

"아휴, 난 아직 애기인 줄 알았는데 다 컸네!"

아가를 보자 갈매기가 대견한 듯 말했다. 그리고는 바다 위를 한 바퀴 돌아와선 작은 물고기를 내려놓았다.

"어서 먹어라, 아가. 여긴 먹을 게 무진장 많아."

갈매기가 잡아온 물고기를 먹고 난 아가는 모래밭으로, 갯벌로 쫄랑쫄랑 뛰어다녔다. 그러다가 바닷물이 고여 있는 갯바위 틈으로 들어가 헤엄을 쳤다. 그 모습을 바라보는 라라의 얼굴에 살며시 미소가 피어올랐다.

다음날부터 유리와 라라는 아가를 데리고 밭으로 가는 대신 갯바위 쪽으로 갔다. 그리고 하루 종일 놀다가 저녁 무렵에야 집으로 돌아왔다.

"얘들아. 온종일 어디를 그렇게 쏘다니느냐?"

유리와 라라가 마당으로 들어서면 할머니는 가볍게 꾸중을 했다. 낮 동안 바깥에만 나가 있는 유리 가족이 조금 야속한 모양이었다.

그런 할머니에게 유리는 몹시 미안했지만 조금씩 생각을 굳히고 있었다.

며칠 후 유리는 라라에게 자신의 생각을 밝혔다.

"라라!"

"응, 유리."

"그동안 생각해봤는데 우리 떠나야할 것 같아."

"떠나다니, 어디로?"

라라는 너무 뜻밖의 얘기인지 어안이 벙벙한 얼굴이었다.

"갯바위 쪽으로."

"갯바위? 거긴 왜?"

"지금까진 우린 사람들 보살핌 속에서만 살았어."

"그런데?"

"그런데 그건 우리가 살아야 할 삶이 아니란 생각이 들었어."

"어떻게 그런 생각을?"

"작년 겨울에 아파트 베란다에서 청계천을 내려다보면서 문득 그런 생각을 했었어."

"어떤 생각?"

"왜 나는 청둥오리인데도 날지 못하는지를."

"그래서?"

"그래서 그동안 곰곰이 생각해봤어. 그리고 그건 내가 사람들 집에서만 살았기 때문이란 생각이 들었어. 얼마 전 소년과 친구들이 그런 얘기를 했거든."

"유리가 그렇게 생각했다면 맞겠지."

라라가 힘없이 대꾸했다.

"바다로 가면 여기 있을 때보다 힘들어질지도 몰라. 그렇지만 힘들더라도 보다 오리다운 삶을 살 수 있을 거야. 그건 우리 아가를 위해서도 필요한 일이야."

"그렇겠지."

"그렇다면 라라도 내 생각에 따라주길 바래."

"물론 난 유리를 믿어."

"고마워."

"하지만 할아버지와 할머니에겐 너무 미안해. 우리를 무척 예뻐해 줬는데."

"그래서 가끔 들를 생각이야. 바둑이 지킴이도 서운하지 않게."

"우리 그러자, 꼭!"

라라가 가만히 유리의 가슴에 얼굴을 묻었다.

이튿날 유리와 라라는 아가를 데리고 할아버지의 시

골집을 떠났다.

갯바위에 도착하자 유리 가족은 뒤쪽 산기슭에 자리를 잡았다. 산기슭엔 자그마한 땅굴도 있고 또 덤불도 많아 바람이나 추위는 얼마든지 피할 수 있었다.

갯바위 뒤쪽 산기슭에서 생활하기 시작하고 며칠이 지나서 유리는 자신과 라라, 아가를 찾아 갯벌까지 내려온 할아버지를 보았다.

유리는 할아버지에게 달려가 인사를 했다.

"아이고, 유리야. 너 어떻게 여기 있냐?"

유리가 갯바위로 온 건 무엇보다 아가에게 넓은 하늘을 이고 있는 바다를 바라보며 살게 하고 싶어서였다.

"아가는 어디 있고?"

할아버지가 주위를 두리번거리며 아가를 찾았다. 그러다가 갯바위 한쪽에서 놀고 있는 아가를 보고 안심한 듯 미소를 지었다.

"어서 집에 가자."

그러나 유리는 대답 대신 할아버지가 보는 앞에서 바닷물 속으로 들어가 헤엄을 쳤다. 그러자 할아버지는 무슨 생각을 했는지 고개를 끄덕이며 돌아서서 산비탈을 걸어 올라갔다.

다음날 아침 일찍 유리는 할아버지 집으로 갔다. 할아버지는 막 수련원으로 출근하려 하고 있었다.

"유리 왔구나."

할아버지는 유리가 나타난 게 믿기지 않는 듯 깜짝 놀라는 얼굴을 했다. 유리는 마당을 힘차게 한 바퀴 돈 후 할아버지에게 고개를 숙였다.

"그래, 알겠다. 혹시라도 그곳이 불편하면 언제든지 오너라."

'예, 할아버지. 멀리 가지 않을게요. 늘 그곳에 있을 거예요.'

"그래……."

그렇지만 할아버지는 여전히 서운한 기색이었다.

"그 녀석 참. 집에서 지내면 좋으련만……."

할아버지 곁에 서 있던 할머니도 섭섭한 듯 말끝을 맺지 못했다.

갯바위로 돌아온 유리는 이후로도 가끔 할아버지 집에 들렀다. 갯바위에 살면서 이따금 모습을 나타내는 자신을 동네 사람들은 이상한 오리라고 하는 모양이었다. 그렇지만 상관없었다.

그러는 사이 계절이 조금씩 깊어지고 날씨도 쌀쌀해

지기 시작했다. 그리고 얼마 후 하늘을 까맣게 채우면서 날아오는 청둥오리떼를 보았다.

23. 바다로 간 오리

먼 곳에서 날아온 청둥오리들은 곧 바닷가와 샛강을 가득 메웠다. 날아온 것은 청둥오리만이 아니었다. 청둥오리에 뒤이어 검은 오리들이 날아왔고 또 작년에 청계천에서 보았던 몸이 큰 백조들도 샛강으로 날아들었다. 그래서 바닷가와 샛강은 철새들로 바글바글했다.

유리와 라라는 아가와 함께 멀리서 날아온 오리들 속에 섞여 지냈다. 그들과 어울려 겨울 갯벌을 뛰어다니고 바닷물 속에서 헤엄을 쳤다. 그리고 갯바위 앞 모래밭을 무리지어 걷기도 했다. 비록 그들처럼 날진 못했지만 함께 지내는 건 무척 즐거웠다. 유리와 비슷한 수컷 청둥오리들과 아가와 비슷한 암컷 청둥오리들. 그리고 어디서 왔는지 모를 라라와 닮은 흰 오리들. 또 조금만 걸어서 샛강으로 가면 만나게 되는 셋과 다른 모습의 우아한 백조들.

이렇게 모두 한꺼번에 모여 사는 건 낯설었지만 새로운 즐거움이었다.

갯바위의 갈매기 친구가 전에 말했던 청둥오리 친구를 유리에게 소개시켜주었다. 지난 겨울에 여기서 태어났다는 청둥오리는 유리보다 조금 어리고 몸집도 작았지만 금방 친해졌다. 유리는 그 청둥오리를 꼬마라고 불렀다.

유리와 라라는 하늘을 날지는 못했지만 자주 공중으로 몸을 던졌다. 그러면 멀리가지는 못해도 작은 거리의 목표점엔 도달할 수 있었다. 그러면서 둘의 흉내를 내는 아가를 지켜보았다. 아가는 유리보다 더 멀리 몸을 날렸다.

꼬마 청둥오리는 자주 샛강에서 친구들을 여럿 데리고 와서 유리와 라라와 같이 놀았다. 꼬마 청둥오리와 친구들은 그들이 살았던 먼 곳 이야기를 했다. 그러면 유리는 서울 아파트에서 살 때의 얘기를 들려주었다. 그들이 하늘 얘기를 하면 유리는 땅 얘기를 했다.

꼬마 청둥오리는 아가가 마음에 드는 모양이었다. 제

친구들이 물러간 후에도 아가 곁에 남아서 공중을 나는 연습을 시켜주고 바다 위를 돌면서 맛있는 물고기를 잡아주기도 했다.

유리와 라라하고만 있던 아가도 친구가 생긴 게 싫지 않은 듯했다. 꼬마 청둥오리와 아가는 파도가 모래톱을 간질이는 바닷가를 나란히 걷기도 하고 갯바위를 지나 산기슭을 함께 걸어올라 가기도 했다. 이곳 지리에 익숙한 아가가 자랑할 게 많은가 보았다.

그럴 때면 유리는 소년을 생각했다. 아주머니 없이 소년은 어떻게 지낼까. 그렇지만 자신의 가족이 할아버지 집을 나와 갯바위에서 잘 사는 것처럼 소년도 아저씨와 잘 지내고 있을 것으로 믿었다.

유리는 자주 높은 하늘을 나는 꿈을 꾸었다. 그리고 꿈속에서 하늘에 있는 아주머니를 만났다. 유리를 보고 아주머니는 환하게 웃었다. 유리는 아주머니에게 소년은 잘 있다고 말해 주었다. 그리고 소년에게도 아주머니가 하늘에서 잘 있다고 얘기해 주겠다고 했다.

겨울이 깊어지면서 갯벌 뒤 샛강에는 계속 새들이 모여들었다. 기러기, 가창오리, 노랑부리저어새, 황새, 말똥가리, 두루미 등 갖가지 새들로 조용했던 바닷가와 샛강은

그야말로 북새통을 이루었다. 그렇지만 유리는 그게 싫지가 않았다. 그게 새들이 사는 세상이었다. 오리인 자신과 라라, 아가까지 포함한.

겨울은 길었다. 그러나 바닷가의 겨울은 지루하지 않았다. 바닷가와 샛강을 가득 메운 새들의 지저귐은 갖가지 소리로 하루 종일 울려 퍼졌고 날마다 만나게 되는 새 얼굴들은 반가웠다. 그들은 언젠가 다시 떠날 친구들이기 때문이었다.

청둥오리들 속에서 놀고 있으면 가끔 할아버지와 할머니가 갯바위로 올라왔다. 그리고 유리 가족이 어디 있는지 확인하려는 듯 두리번거렸다. 그러다가 종내 찾지 못하고 돌아섰다.

'그러나 걱정 마세요.'

봄이 오면 유리는 또 할아버지를 찾아뵐 것이다.

해가 바뀌고도 겨울은 계속되었다. 그리고 겨울은 유리와 라라, 아가만을 남긴 채 새들이 모두 떠나고서야 끝이 났다. 내년에 다시 오겠다며 청둥오리 무리와 함께 꼬마 청둥오리가 떠나던 날, 아가는 몹시 울었다.

그리고 다음날 아가는 알을 낳았다. 아가가 태어난 지 다섯 달 정도 되던 날이었다. 라라는 아가 대신 알을 품었다. 한 달 뒤 알을 깨고 나온 건 꼬마 청둥오리를 닮은 수컷 청둥오리였다.

봄이 무르익으면서 바닷가의 따사로운 햇살이 목덜미를 스칠 때 유리는 여전히 날기 연습을 계속했다. 그러면 새로 태어난 작은 아가는 보란 듯이 저만큼 날아가 보였다.

바닷가에서 피어오르는 아지랑이를 보며 유리는 생각했다. 언덕만 넘으면 찾아갈 수 있는 할아버지와 할머니. 그리고 수련원의 관리소장님과 미스 김을 비롯한 직원들. 조금 더 멀리는 서울의 소년과 아저씨가 있었다. 모두가 유리에겐 고맙고 그리운 사람들이었다. 유리는 생각했다.

'나는 앞으로도 땅을 딛고서 살면서 하늘을 날아오르는 꿈을 꿀 것이다. 그것이 불가능한 것이라 할지라도.'

살다 보면 아가가 다시 꼬마 청둥오리를 만나는 날도, 그리고 작은 아가가 하늘을 힘차게 솟구쳐 오르는 걸 볼 날도 있을 것이다. 그것은 소년과 아저씨, 관리소장님과 직원들 그리고 할아버지와 할머니를 다시 만나는 것만큼 분명할 것이다. 그때까지 유리는 하늘을 날아오르는 연습을 게을리 하지 않을 것이다.

지은이의 말

보고 싶은 유리와 라라에게 아저씨가

재작년 어느 날, 아들아이가 너희들을 지하철역 부근에서 사왔다. 그로부터 너희들은 아저씨 가족이 되었다.

태어난 지 얼마 되지 않은 아기오리였던 너희들은 넉 달 조금 지나 어른이 되었어. 그래서 아저씨는 너희들의 이름을 지었지. 수컷 청둥오리는 유리, 암컷 집오리는 라라로.

어른이 되면서 라라는 매일 알을 낳았지. 그런 너희들을 보며 아저씨 가족은 매우 신기했고 또 고마웠어.

그러나 아파트에 더 이상 함께 살 수 없어 1년 만에 너희들을 떠나보내야 했고 그때 아저씨 가족은 매우 슬펐어.

그리고 다시 1년이 지났네. 그동안 너희들은 서해 바

닷가에 있는 청소년수련원을 거쳐 부근의 한 농가주택으로 옮겨졌지.

청소년수련원에 들를 때마다 아저씨는 너희들을 맡고 있는 경비원 할아버지로부터 너희들의 소식을 듣곤 해. 유리는 여전히 날고 싶어 하고 라라는 열심히 알을 낳는다고. 그리고 겨울이면 멀리서 날아온 철새 친구들과도 잘 지낸다고.

아저씨는 가끔 생각해. 바쁘게 살아오는 동안 아저씨는 어느 새 꿈을 잃어버린 것 같다고. 그리고 그 잃어버린 꿈이 무엇인지도 잘 모르겠어.

그래서 하늘을 나는 꿈을 꾸는 유리와 그 곁에서 지켜보는 라라 얘기를 들으면 부끄럽고 부러워.

아, 그러고 보니 아저씨에게도 꿈이 있네. 언젠가 직장생활을 끝내면 아저씨도 서해 바닷가에 집을 짓고 살고 싶거든.

그 꿈이 이루어진다면 아저씨는 전처럼 너희들 곁에서 살게 될 거야. 그리고 매일 꿈을 꾸며 살아가는 너희들을 보면서 어릴 적 꾸었던 아저씨의 꿈이 무엇이었는지도 생각해 내겠지.

이 세상은 너희들과 아저씨 가족이 함께 살아가기 위

해 만들어진 곳이야. 그러므로 늘 건강하면서 다시 만날 때까지 안녕!

2014년 2월

김제철